오늘이 가벼운 당신에게
오늘의 무게에 대하여

KB097240

오늘이 가벼운 당신에게
오늘의 무게에 대하여

펴낸날 초판 1쇄 2019년 2월 18일

지은이 석혜탁

펴낸이 강진수
편집팀 김은숙, 이가영
디자인 임수현

인쇄 (주)우진코니티

펴낸곳 (주)북스고 | **출판등록** 제2017-000136호 2017년 11월 23일
주소 서울시 중구 퇴계로 253(충무로 5가) 삼오빌딩 705호
전화 (02) 6403-0042 | **팩스** (02) 6499-1053

ISBN 979-11-89612-14-6 03810

이 도서의 국립중앙도서관 출판예정도서목록(CIP)은 서지정보유통지원시스템 홈페이지(http://seoji.nl.go.kr)와
국가자료공동목록시스템(http://www.nl.go.kr/kolisnet)에서 이용하실 수 있습니다.(CIP제어번호:CIP2019004076)

책 출간을 원하시는 분은 이메일 booksgo@naver.com로 간단한 개요와 취지, 연락처 등을 보내주세요.
Booksgo는 건강하고 행복한 삶을 위한 가치 있는 콘텐츠를 만듭니다.

오늘이 가벼운 당신에게
오늘의 무게에 대하여

석혜탁 지음

Booksgo

자주 보는 것보다는 오래 보는 게 좋았다. 사람이든, 사랑이든, 한낱 취미생활이든 다 마찬가지였다. '빈도', '횟수' 등의 단어는 늘 달갑게 들리지 않았다. 천천히 지속되는 것에 더 눈길이 갔다.

자주 무언가를 하기엔 그리 부지런하지 못했다. 난리법석을 떨다가 어느 순간 확 식어버리는 장면을 지켜보는 건 여간 불편한 게 아니었다.

물론 '오래'보다는 '자주'에 방점을 찍어야 하는 것도 있다. 예컨대 외국어 학습이 그렇다. 영어든 중국어든 자주 말하고 써봐야 늘기 마련이다. 어느 수준 이상의 외국어 감각을 유지하려면 절대 게을러서는 안 된다. 외국어가 그래서 그렇게 힘든 것이다.

그런데 인생은 외국어 공부가 아니다. 단어를 외우고, 문법을 체크하며, 듣기와 독해에 집중하는 학습과정과 일상의 하루하루는 그 성격이 판이하다. 나는 무엇이든 '자주 해야 한다'는 강박을 벗어 던지기로 했다. 그러더니 언제부터인가 오래 해보려는 태도를 견지하게 됐다.

단어를 오래 들여다보니, 문장의 겉과 속에 대해 심도 있게 고민해볼 수 있었다. 책도 밑줄을 치고, 포스트잇을 붙이고, 군데군데 접어가며 참 오래도 읽었다. 음악은 또 어떠한가. 가사 속 어떤 단어 하나가 딱 귀에, 표현 하나가 마음에 훅 들어올 때까지 틀어 놓았다. 인간관계도, 일상의 작은 행동 하나하나도. 그리고 사랑도.

주위를 둘러보면, 자주 무언가에 집중하지 못하는 자신을 책망하는 이들이 꽤나 많다. 그럴 필요 없다. 오래 보자. 무엇을 자주 해내지 못해 불안해하는 사람에게 그러지 않아도 된다고 말해주고 싶다.

당신의 삶은 '빈도'라는 알량한 단어로 설명될 만큼 그리 간단하지 않다. 오늘이 가벼운 당신에게 오늘의 무게에 대하여 말해주고 싶다.

하고, 만나고, 듣고, 읽자.

지금보다 오래 더 오래.

··· 석혜탁

2부
차별과 편견

우린 자주 보지는 않았다(못했다). 각자 친구도
애인도 있고, 다들 나름의 일과 사정이 있었
다. 그래도 우리는 서로 오래 보았다. 앞으로
도 그럴 것 같다고 입을 모은다. 얼마 전 가로
수길에서 우리는 다 같이 만나 오랫동안 수다
를 떨었다.

1부

개인의 삶

표리부동의 미학

　표리부동이라는 표현 뒤에는 흔히 부정적인 술어가 동원되곤 한다. 우리는 어렸을 때부터 겉과 속이 다른 사람은 나쁜 사람이라고 배워왔다. 이유도 모른 채 표리부동은 부정적 표현이라고 학습했다.

　실제용법도 그렇다. 포털 뉴스 검색창에 표리부동을 검색해보면, 보통 상대를 비난하기 위한 의도로 이 표현을 자주 사용하곤 한다. 첨예한 갈등 상황이 반복되는 정치 관련 기사에서 이 사자성어를 자주 접할 수 있는 것도 이 때문이다.

실제 그 쓰임이 어떻든 간에 표리부동의 한자를 하나하나 뜯어보면, 딱히 나쁠 것도 없는 표현임을 알 수 있다. 겉表과 속裏이 같지 않은 게 뭐 대수인가. 외려 더 매력이 있는 경우도 있지 않나? 반면 외유내강은 대개 긍정적인 뜻으로 쓰인다. 겉은 부드러워 보이는데, 속은 굳세다는 것. 이 역시 겉과 속이 다른 게 아니던가.

개인적으로는 표리부동한 사람이 참 좋다. 겉으로는 평범한 대기업 직원이지만, 속으로는 조금 철이 없어 보일지 언정 예술가적 고뇌를 가득 안고 사는 박 모 사원. 다소 보수적인 직장에서 제복에 가까울 정도의 옷차림과 정갈한 머리스타일로 출근을 하지만, 주말에는 웬만한 남성 동료보다 더 거친 운동에 빠져 지내는 서 모 대리. 겉보기엔 강한 책임감으로 똘똘 뭉친 장남이지만, 쉬는 날에는 이해인 수녀의 시집을 밑줄 쳐가며 읽는 영원한 문학청년이 모 팀장.

다른 속이 있어야 겉도 제 역할을 충실히 해낼 수 있다. 속마저 겉과 진배없어지면, 겉이든 속이든 금세 지쳐 버리기 십상이다. 더 다양한 속을 발굴해내자. 회사에서, 학교에서, 사회의 여러 영역에서 지친 하루를 보낸 겉을 위로하고 달래줄 수 있는 건 내 안의 또 다른 자아인 속이다.

표리부동한 자신을 자책하지 말자. 도리어 겉과 속의 차이를 더 벌려 보는 작업을 해보면 어떨까. 자신의 신체와 정신에 잠재한 다채로운 자아의 목소리에 더 귀를 기울여 보길 권한다.

치자治者의 입장에선 겉과 속이 같은 사람을 선호한다. 그래야 통제하기 쉽기 때문이다. 한데 겉과 다른 나의 속에 대해 누군가에게 소상히 설명해야 할 의무가 우리에겐 없다. 이 내밀함이 전제될 때 나의 속은 더욱 건강해지기 마련이다.

표리부동한 사람이 더 많아지길 바란다. 겉과 다른 그 속이 불법적이거나 비도덕적이어서는 당연히 안 되겠지만, 여러 얼굴을 갖고 있는 내 안의 또 다른 영혼에게도 숨 쉴 자유를 부여해야 한다.

또 표리부동하다며 누군가를 비난하는 사람이 줄어들었으면 좋겠다. 거짓말을 하거나 자신이 한 말을 입장에 따라 뒤집는 행태는 겉과 속이 다르다기보다는, 그저 그 행동 자체에 문제가 있는 것이다. 그러면 그에 상응하는 비난을 받으면 된다.

　표리부동은 때때로 창의력의 원천이 될 수 있고, 동기 부여의 동력이 되기도 한다. 나의 또 다른 속이 참으로 소중하다. 오늘도 표리부동한 내일을 꿈꾼다.

부사장이 사장이 되고,
석사가 박사가 되는 요지경 세상

— 어쩌다가 '참칭'을 하게 만드는 한국사회의 호칭 인플레

대학생 시절 국내에서 매우 큰 영향력을 행사하는 매체 중 한곳에서 인턴기자로 일한 적이 있다. 그 언론사가 주최한 행사에서 사소하지만, 이해가 잘 안 되는 말을 반복해서 들었다. 그날 부사장이 자리를 함께 했는데, 행사 사회자와 현직 기자는 물론이고 내빈 중 한 명이었던 모 지자체장도 자꾸 그 부사장을 가리켜 '사장님'이라 칭했다.

부사장이라고 멀쩡하게 소개를 해놓고 사람들 앞에서는 사장님이라고 불렀다. 아마 듣는 사람 기분 좋으라고 그랬던 것으로 보인다. 부사장도 충분히 높은 직책이긴

하지만, 뭔가 자꾸 '부'자를 붙이는 게 괜히 실례인 것 같은 생각을 하는 것 같았다. '부'가 무슨 주홍글씨도 아닌데, 부국장에게 국장님이라고 부르던 광경도 기억난다.

호칭은 정확하게 불러줘야 한다. 그게 예의다. 특히 직급, 직함은 회사에서 공식적으로 부여한 것이다.

물론 회사에 따라서는 '대표이사 부사장'이 있기도 하다. 이럴 경우 그를 대표님이라 부르는 것은 문제가 없으나, 부사장을 사장으로 부르는 것은 틀린 호칭이다. 정작 그 부사장은 스스로를 높여 부를 생각이 없었는데 말이다.

학력을 호칭으로 쓸 때 이런 문제는 더욱 두드러진다. 박사 학위가 없는 사람한테 박사님이라고 부르는 것은 정말 결례다. 홍준표 전 자유한국당 대표는 손석희 JTBC 대표이사에게 '손 박사'라고 자주 부르곤 했다. 그것도 방송에서 말이다. 손 대표의 최종학력은 석사 학위다. 손 대표는 박사 과정에 진학하지도 않았고, 박사 공부를 할 의향조차 없을 수 있다. 또 손 대표 본인이 어디 가서 박사 학위가 있다고 말한 적도 없는데, 그런 그에게 손 박사라고 부르는 것은 잘못된 행동이다.

시사 라디오 프로그램을 진행하는 정관용 국민대 특임 교수의 경우는 어떠한가. 박사 학위 수료를 한 그에게 패널들이 왕왕 '정 박사님'이라고 부른다. 정 교수라고 부르든가 아니면 사회자라고 부르면 될 것을 말이다. 그 역시 자신을 박사라고 불러달라고 말하지 않았는데, 괜히 듣는 사람만 겸연쩍게 만드는 이런 호칭 인플레는 상대를 높여주는 것이 아니라 외려 곤란하게 만드는 처사다.

화자 입장에서 멋대로 부르는 호칭이 나중에 그 말을 들었던 당사자가 학력위조를 한 것으로 이상하게 비화될 수도 있다. 왜 박사인 척했냐고 따져 묻는 것. 그런데 방송 중에 "저기, 저 박사 학위 없는데요"라고 어떻게 일일이 대응하겠는가.

이런 호칭 부풀리기로 자주 피해 받는 또 다른 인물은 진중권 동양대 교수다. 박사 학위가 없는 그는 한 칼럼에서 "대개 강연을 하면 주최 쪽에서는 자신들이 부른 강사를 대단한 사람으로 부풀려야 한다. 실제로 내가 박사 학위를 받은 적 없다고 수정을 해주면, 청중 중에는 실망하는 눈빛을 감추지 못하는 사람들도 보인다"고 말한 바 있다. 박사 학위가 없어도 연구하고 강연하는 데 아무런 문제를 못 느끼는 진 교수의 학력을 자기들 입맛대로 위조하는 일이 왕왕 발생했다고 한다. 그는 이런 일에 모욕감을 느낀다고 했다.

2018년 겨울 어떤 시청에서 열린 그의 강연 포스터에는 '독일 베를린자유대학 언어철학과 박사'라고 작지 않은 글씨로 적혀 있었다. 진중권 교수는 독일 베를린자유대학에서 공부한 것은 맞지만, 언어철학 박사학위를 받지는 않았다. 더 이상 그에게 모욕감을 주지 말기를.

또 TV 토론 프로그램을 보다 보면, 각종 연구소에서 일하는 전문가들이 자주 패널로 나오곤 한다. 연구위원, 수석연구원, 센터장, 실장 등 해당 연구소에서 지정한 공식 직함이 있기 마련. 그런데 사회자나 반대 자리에 앉은 패널들이 편의상 박사라고 부르는 것을 자주 볼 수 있다. 정책을 다루는 연구소에서 일하고 있고, 공부를 많이 한 분으로 보이니 박사라고 높여 불러주는 것이라고 선의로 해석할 수도 있다. 하지만 이 또한 지양해야 할 언어습관이다. 석사급 연구원도 많고, 박사과정에 등록해놓고 공부와 연구를 병행하는 연구자도 있고, 박사수료 상태로 연구원에 자리 잡은 경우도 있다.

이런 개개인의 상황을 다 고려해달라는 얘기가 아니다. 직급, 직함이 번듯하게 있으면 그대로 불러주는 게 맞다. 개인의 석박사 학력은 남이 왈가왈부할 게 아니다. 그렇기 때문에 분별없이 '박사님'이라 부르지 말자는 것이다.

물론 예전과 달리 박사가 많아졌지만, 배운 사람에 대한 동경이 박사님을 부르는 심리 기저에 놓여 있는 것일 수도 있겠다. 박식한 사람에게 척척박사, 만물박사라는 표현을 쓰는 것은 괜찮지만, 박사님이라 호명하는 것은 또 다른 차원의 문제다. 척척박사, 만물박사도 학위 논문은 없을 게다. 레토릭으로서의 박사와 호칭으로서의 박사는 엄연히 다르다.

호칭은 사회언어에서 제일 중요한 요소 중 하나일 터. 과장하지 말고, 정확하게 불러주는 게 가장 예의 바른 언어 구사임을 잊지 말자. 상대를 어쩌다가 '참칭'하고 다니는 사람으로 만들어 버리는 무분별한 호칭 인플레, 이제는 진짜 예의 있게 정확한 호칭을 사용하도록 하자. 그것이 상대를 진정으로 높여주는 길이다.

자주 보기보다는 오래 보는

일 년에 많으면 네댓 번, 못 봐도 두세 번은 꼭 보는 무리가 있다. 대학생 시절 언론사 인턴을 같이 했던 친구들로, 나를 포함해 총 네 명이다. 각자 바쁜 직장생활을 영위하고 있는지라 못 볼 때도 있지만 그래도 서로의 일상과 속내를 공유하며 수년간 모임을 이어오고 있다.

고등학교에 입학했을 때, 중학교 친구가 진짜 친구라는 말을 들었다. 지금 생각하면 그 어린 나이에 무슨 그런 구분이 있었는지 모르겠지만, 분명 이런 말을 여기저기서 적잖이 들었던 것 같다. 그런데 아니었다. 중학교 친구는 중학교 친구대로, 고등학교 친구는 고등학교 친구대로 다 의미가 있었다.

대학생이 되자 고향친구나 옛날 친구가 진짜 친구라는 말을 들었다. 이 역시 틀렸다. 같은 캠퍼스에서 추억을 함께 일군 이들과의 진한 연대의식은 옛 친구의 안온함이 주는 매력과는 또 달랐다. 누가 더 낫다고 할 수 없이 어떤 친구든 소중했다.

서두에서 말한 우리 넷은 대학 졸업을 목전에 두고 만났다. 각자 진로에 대한 고민으로 마음의 여유가 많지 않았던 시절, 우리는 몇 주 간 기자·PD 흉내를 내며 친해졌다. 나이와 전공, 학교가 다 달랐다. 언론사에서 일을 한 번 해보고 싶었고, 그 후의 계획은 제대로 세우지 못한 상태였다.

언론인이 될 준비를 해야 할지, 유학을 갈지, 대기업 입사 준비를 할지, 어떤 특정 시험에 집중해볼지 등 네 명 다 갈팡질팡했다. 그 고민을 주고받으며 청계천 근처 바닥에 아무렇게나 앉아 캔 맥주를 마셨다.

청춘이니 사랑이니 하는 달달한 이야기도 빠지지 않았다. 시간이 흘렀다. 그렇게 누군가 먼저 취업을 하고, 뒤

따라 다른 이가 기업에 들어가고, 다시 또 누군가 방황을 시작하고, 어떤 이는 퇴사를 했으며, 재입사를 했다. 새로운 사랑을 만난 이의 이야기를 듣게 됐고, 회사에서 계약 연장이 되지 않아 새로운 거처를 알아봐야 한다는 소식을 접하기도 했다. 갑작스러운 상실감에 시간이 필요했던 친구를 몇 달간 기다려주기도 했다.

우린 자주 보지는 않았다(못했다). 각자 친구도 애인도 있고, 다들 나름의 일과 사정이 있었다. 그래도 우리는 서로 오래 보았다. 앞으로도 그럴 것 같다고 입을 모은다. 얼마 전 가로수길에서 우리는 다 같이 만나 오랫동안 수다를 떨었다. 다음 날 아침 일찍 결혼식에 가야 해서 술을 빼며 몸을 사리던 나는 세 번째 장소에서 결국 소주잔을 손에 쥐었다. 아이스크림을 먹듯 달콤하게 소주를 나눠 마시는 그들의 얼굴을 보고 있자니, 참을 수가 없었던 것.

여러 종류의 친구가 있는 것 같다. 내겐 중학교 때 같은 반이었던 친구들이 가장 오래된 벗들이다. 그들의 존재가 너무나 소중하다. 위에서 대학교만 들어가도, 옛날 친구가 진짜라는 타령을 들었다고 말한 바 있다. 그 기준에 따르면 나름 어른일 때 만난 우리는 친구가 되기 어려웠을 터. 그런데 역시 이번에도 예전 친구가 진짜니 가짜니 하는 그 말은 틀렸다.

지하철 막차 시간을 살짝 놓쳐 각자 부산하게 뿔뿔이 흩어지며 우리는 말했다. 9월에 다들 꼭 보자고. 계절이 변할 때마다 이들이 많이 보고 싶어진다. 자주 보기보다는 오래 보는 우리가 참 좋다. 그들과 더 오래 볼 수 있기를, 10년 그리고 20년이 지나도 옛이야기를 떠올리며 소주잔을 부딪칠 수 있기를. 그리고 아저씨, 아줌마가 되어도 계속 유쾌함을 잃지 않았으면 좋겠다. 만남의 횟수나 빈도보다는 지속과 기간에 방점이 찍힌 이 관계의 영속을 기원하며.

플랜테리어에 대한 나만의 정의

'플랜테리어'가 인기를 모으고 있다. 플렌테리어란 식물과 인테리어의 합성어다. 공기정화식물, 다육식물, 걸이식물 등과 같은 식물이나 수수하면서도 향이 좋은 꽃, 마음이 편안해지는 예쁜 화분 등을 이용해서 집이나 사무실을 개성 있게 꾸미는 것이다.

식물은 단조로운 실내 분위기를 바꿔주는 디자인 기능뿐 아니라 습도, 온도 등을 조절해 보다 나은 실내 환경을 조성하는 기능도 갖고 있다.

식물과 꽃을 살 수 있는 곳도 늘어나고 있다. 백화점,

복합쇼핑몰 등에는 정원식 카페가 생겨나고 있고, 꽃을 정기배송해주는 서브스크립션 서비스도 각광을 받고 있다. 드라이플라워, 프리저브드 플라워 등을 판매하는 꽃 자판기도 곳곳에 자리 잡고 있다.

회사 동료 A는 배양토와 원예 상품을 고르기 위해 시간을 보내는 것이 그토록 즐겁다고 한다. 분갈이를 하면서 회사생활에서 겪었던 스트레스를 날린다고도 했다.

필자도 그의 추천을 받아 작은 화분을 사서 집에 가져왔다. 작은 화분을 보고 있으면 왠지 모르게 마음이 퍽 편안해진다. 고마운 '녀석'이다. 이 화분 녀석과 정이 든 지도 벌써 삼주가 됐다.

집을 꾸미는 것에는 딱히 재주가 없지만, 적어도 식물 덕분에 나의 '내부(인테리어)정서'는 분명 긍정적 영향을 받은 듯하다. 집은 예쁘게 못 바꿨어도, 내 마음은 조금이라도 위안을 얻었으니. 그 단어의 원래 의미가 무엇이 됐든, 나 역시 '플랜테리어'의 덕을 톡톡히 봤다.

고마운 그 녀석에게 부지런히 물을 줘야겠다.

주객전도여도 괜찮아

　지금 하는 일과 최종 목표 사이의 간극 때문에 힘들어하는 이들이 적지 않다. 이들은 자신의 상황을 주객전도라 표현하며 걱정하곤 한다.

　그런데 주객전도라는 말, 너무 쉽게 내뱉는 것 같다.

　때로는 객客에서 하는 활동이 주主의 자양분이 될 때가 많다. 주와 객의 구분이 모호한 경우도 있고, 그 간극을 좁히는 과정에서 시너지가 나오기도 한다.

　또 내가 그동안 주라고 생각했던 것이 사실 주가 아니었을 수도 있다. 난 심리학에 관심이 많아서 심리학 분야가 주었다고 몇 년 간 믿었는데, 그게 어느 순간 아주 사소한 원인으로 무너졌다.

그러면! 그때 객이 튼튼하게 당신이 흔들리지 않게 지탱을 해줘야 한다. 안 그러면 사춘기, 오춘기를 심하게 겪게 될 공산이 크다.

'주' 말고도 '객'에게도 신경을 많이 써주자.

조금 다른 맥락에서는 이런 이야기도 진로 고민을 하고 있는 사람들에게 들려주고 싶다. 꿈의 종착지가 특정 회사가 아니었으면 좋겠다는 것. 왜냐하면 특정 회사가 목표가 되면, 그 회사에 못 들어가게 된 나는 자연히 실패자가 돼버린다. 이건 과도하게 자신을 괴롭히는 것이다.

당신의 꿈이 저널리스트라면 꼭 C일보라는 특정 신문사가 아니더라도, 당신의 올곧은 기개를 펼칠 수 있는 곳은 더 있다. 꿈을 구체화하는 것이 때로는 독이 되곤 한다. C일보에 못 들어가도, A일보나 D경제지에서도 당신은 유능한 기자가 될 수 있다. 그런데 C일보가 아니면 안 된다는 생각은 자신의 가능성에 미리부터 울타리를 쳐놓는 결과를 초래한다.

꿈을 표현하는 단어의 의미를 좀 더 넓게 규정해보는 것도 좋다. 그럴수록 꿈을 펼칠 공간을 더욱 넓어진다.

혼들리고 있는 당신, 지금 잘하고 있다.
너무 걱정 말았으면 좋겠다.

부다페스트의 노부부,
그 뒷모습의 울림

부다페스트는 아름다웠다.

고개를 돌리면 눈에 들어오는 모든 장면이 그림 같았다. 사랑하는 사람과 멀리 떠난 첫 여행, 우리는 부다페스트에서 먹고 마시고 보고 느끼는 모든 것이 좋았다.

사실 신혼여행으로 휴양지를 많이 권유받곤 했다. 결혼 준비로 그동안 매우 피곤했을 테니, 따뜻한 햇볕을 쬐며 바닷가에서 여유롭게 쉬라는 취지였다. 나쁘지 않은 생각이다. 그런데 그녀와 나는 왠지 모르게 예전부터 헝가리가 끌렸다. 부다페스트의 거리를 같이 걷고 싶었다. 연애할 때에도 막연하게나마 우리가 나중에 결혼을 하게 되면 부다페스트에 가자고 했다. 때로는 이런 막연한 끌림이 가장 강력한 선택의 동력이 되기도 한다.

결혼준비에 막 돌입했던 수개월 전 그녀와 나는 헝가리행 티켓을 끊었다. 분에 넘치는 축하를 받고 우리는 이스탄불을 거쳐 부다페스트에 도착했다.

헝가리에서 낭만적인 하루하루를 보내던 마지막 날, 우린 겔레르트 언덕에 올라가 보기로 했다. 하늘색 커플 운동화를 신은 우리는 백 년이 넘은 에르제베트 다리를 걸어서 건너 겔레르트 언덕까지 가기로 했다.

사진에서만 보던 시타델라 요새 속 높이 40m의 자유의 여신상이 눈에 들어왔다. '자유'라는 단어를 쓰는 것이 역사적인 맥락에서 맞는지는 잘 모르겠지만, 어찌 됐건 다리를 건너기 전부터 눈에 들어온 그 모습은 퍽 인상적이었다.

부다페스트의 아름다운 건축물, 풍경, 음식에 취할 대로 취해버렸던 그때, 나와 그녀의 눈은 동시에 한곳에 잠시 머무르게 되었다. 깨끗한 연한 베이지색 재킷을 입고 크로스백을 맨 할아버지, 또 비슷한 색의 쿠트를 입고 가방을 들고 있는 할머니. 그리고 맞잡은 그들의 손.

나는 결례라고 생각하면서도 두 분의 뒷모습을 멀리서 나의 오래된 카메라에 담았다.

수년간의 예쁜 연애 끝에 이제 막 결혼식을 마치고 새로운 삶을 시작하게 된 그녀와 나. 결혼식을 마친 당일 유럽으로 날아가서 하루에 다섯 시간씩 자면서 부지런하게 여행을 다녀도 하나도 지치지 않은 젊디젊은 한 쌍. 예쁜 거실에, 아늑한 안방에 어떤 소품을 어떤 각도로 배치할지 고민하기 바쁜 우리들 눈에 저 정갈한 어르신들의 뒷모습이 왜 그렇게 크게, 그리고 묵직하게 다가왔을까.

큰 버스가 오는 것을 보고, 부인의 손을 꽉 잡았던 할아버지. 헝가리의 그 어떤 풍광보다 이채로웠던 노부부의 뒷모습을 보며 다짐했다. 세상을 살아가다 보면 초록 불을 기다릴 때도, 빨간불을 만나게 될 때도 있을 터. 또 큰 버스가 우리 눈앞에 늘 왔다 갔다 하게 될 진대, 언제든 그녀의 손을 놓지 않겠노라고. 그리고 내가 훨씬 더 그녀를 많이 사랑하겠다고.

두 어르신이 우리에게 준 큰 울림, 그 울림의 여파가 따뜻하게 남아 있는 늦가을 저녁. 나는 노트북을 열어 글을 쓰고, 그녀는 헝가리에서 산 작은 찻잔에 커피를 담아준다. 오랜만의 출근을 앞두고 쓰는 이 글에 그녀가 타 준 커피의 잔향이 담기기를. 또 언젠가 우리도 수십 년 후 노부부가 될 텐데, 그때 우리의 뒷모습을 보며 어떤 젊은 연인이 우리처럼 미래의 자신들의 모습을 그려보게 되길.

부다페스트는 아름다웠다.

공짜로 탑승해
자리를 차지하는 가방님

필자는 버스보다는 지하철을 더 선호한다. 버스와 비교했을 때, 도로의 교통상황을 신경 쓰지 않아도 되어 도착 시간에 대한 예측가능성이 상대적으로 더 높기 때문이다. 그럼에도 행선지에 따라 종종 버스에 올라타곤 한다.

버스를 탈 때 퍽 자주 마주치는 불가해한 장면이 있다. 두 좌석 중 안쪽 자리에는 자신의 가방을 고이 올려두고, 바깥에 편안히 앉아 '자고 있는' 사람들.

시민의 발이 되어 주는 버스를 탈 때, 성숙한 민주 시민끼리 서로 지켜야 할 최소한의 매너가 있는 법. 바깥에 앉는 것까지는 좋다. (물론 필자는 안쪽부터 앉는 게 옳다고 생각한다.) 한데 가방을 안쪽에 두고 '숙면'을 취하고 있다는 것은 애초에 자신보다 뒤에 탈 사람들에 대해 배려할 의지가 없어 보인다.

A가 단잠을 자고 있을 때, B가 그 안쪽 좌석에 앉기 위해 생전 처음 보는 A를 조심스레 깨우고 가방을 치워 달라는 말까지 건네야 한다. 불편하기 짝이 없는 상황. 그리고 낯선 이에 의해 쪽잠을 방해받은 사람들의 반응은 대개 미안함보다는 짜증에 가까운 경우가 더 많다.

필자는 대중교통 안에서 동료 시민이 잠시나마 즐기고 있는 소중한 '꿀잠'을 방해하고 싶은 마음이 추호도 없다. 가방이 있어야 할 곳은 그의 무릎 위 아니면 자리 아래.

이름도 성도 모르는 사람의 잠을 깨우는 이상한 일이 벌어지지 않는, 서로 배려하며 버스를 탈 수 있는 지극히 상식적인 세상을 꿈꾼다.

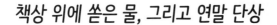

책상 위에 쏟은 물, 그리고 연말 단상

텀블러를 들고 다닌다.

고도의 친환경 의식을 갖고 있어서 그렇다고 멋들어지게 말하고 싶지만, 솔직히 그 정도로 환경에 대해 고민을 깊이 있게 하지 못했다. 이번 기회에 반성을 해본다.

어찌 됐건 무거운 텀블러를 늘 가방에 넣는 이유는 간단하다. 물을 많이 마시기 때문이다. 찬물, 따뜻한 물 가리지 않고 물을 참 좋아한다. 매번 물을 사서 마실 수도 없고, 그렇다고 사무실에서 작은 종이컵에 담긴 양의 물을 홀짝홀짝 마시는 건 어딘가 좀 부족하다. '인간 하마'

인 내게 종이컵은 그리 만족스러운 도구가 아니다.

오늘도 집에서 떠온 물을 출근길에 다 마시고, 컴퓨터 앞에 앉아 자판을 두드리다 보니 물이 마시고 싶어졌다. 냉수, 온수를 적절히 배합해 미지근한 물을 담았다. 환절기에 따뜻한 물만 한 보약이 없다. 목 넘김도 참 좋다.

갑자기 전화가 걸려온다. 전화가 조금 길어질 듯해 자리에서 일어나 빈 회의실로 가서 통화를 나누었다. 업무 전화는 늘 그렇듯 재미가 없다. 집중까지 해야 해니 꽤 부담스럽다.

자리에 돌아오면서 나의 왼팔이 텀블러의 몸통을 가격했다. 사람을 쳐본 적은 없는데, 사물을 치는 데는 참 특화된 팔뚝이다. 튼튼한 텀블러니 구르기도 하고 넘어지기도 하고 그럴 수 있지 하는 생각에 텀블러를 들어 올리려는 찰나. 아뿔싸. 뚜껑을 제대로 닫지 않고 전화를 받으러 갔나 보다.

단단하긴 하지만 뚜껑에 빈틈을 보인 이 녀석은 나의 보약인 따뜻한 물을 내 책상에 토해내 버리고 말았다. 이등병 시절의 민첩한 손놀림으로 자판기와 휴대전화를 재빨리 들어 올려 물난리의 피해를 최소화했다. 각종 히이 내용과 과업이 적혀 있는 회사 다이어리도 앞부분만 조금 젖은 채 무사히 구조하는 데 성공했다.

물의 양이 꽤 되다 보니 필기구, 클립, 핸드크림 사이사이로 물이 침투했다. 때는 2시 10분. 2시 30분에는 아래층 회의실에서 중요한 미팅이 있었다. 평소 같으면 짜증을 냈을 것이다. 보통 남의 잘못이 아니라 내 잘못인 게 자명할 때 더 짜증이 나는 법. 화를 낼 대상도 없고, 더구나 스스로 생각해도 어처구니가 없기 때문.

두툼한 휴지 뭉치로 키보드 아래를 닦다 보니, 적잖은 먼지가 딸려 나왔다. 정돈에 꽤나 능하고 나름 깔끔한 성격으로 정평이 나있는데, 눈에 보이지 않던 먼지가 이리도 많았다니. 외화내빈의 '데스크테리어족'이었다는 사실에 픽 웃음이 나온다.

물기는 차츰 말라갔다. 이왕 닦는 거 마른 휴지로 모니터 뒤와 본체 옆까지 슥슥 닦아냈다. 역시 먼지 더미가 저항 한번 제대로 못하고 물기 어린 휴지에 압송되었다. "속이 다 시원하네"라는 말이 내 입에서 나왔다.

사실 텀블러의 물을 엎은 게 이번이 처음은 아니다. 하루에도 몇 번을 텀블러에 물을 채우다 보니, 가끔 덜 닫힌

이놈이 한 번씩 고꾸라져서 물을 뿌려댄 적이 왕왕 있었다. 그럴 때마다 나는 약간씩 짜증을 냈던 것 같다. (내가 잘못해놓고.)

이번엔 이 놈 덕분에 나의 책상을 깨끗이 청소할 수 있었다는 생각이 든다. 눈에 보이는 부분은 열심히 닦는다고 닦았는데, 깊숙한 먼지는 못 보고 살았다는 것도 알았다. 하루의 대부분을 여기서 머무르는데, 이토록 많은 먼지와 동거하고 있었다니.

벌써 12월이다. 사소한 일에 짜증을 낸 적도, 대단한 일에 감사한 마음을 못 가진 적도 있었던 것 같다. 내 주변 친구 놈들도 그렇다고 하는 거 보니, 다들 그렇게 부족하게 하루하루 살아가나 보다. 연말의 미덕은 앞의 10개월, 11개월의 작은 흑역사를 슬쩍 밀어낼 수 있다는 것.

한 해가 저물어 가는 이때, 갑자기 일어난 작은 일에 화를 내기보다는 그 과정에서 생겨난 긍정적인 현상에 주목해보면 어떨까? 내 책상에 흘린 물이 외려 내 책상을 깨끗하게 해 주었듯이 당신 주변에서 일어나는 언짢은 일들이 되레 당신에게 선물을 가져다주는 경우도 생길 수 있을 것이다. 그런 일도 벌어져야 살맛나지 않겠는가.

연말이다. 따뜻한 물을 마시며 '속이 다 시원하네'라는 말을 읊조릴 수 있는 일들이 독자 여러분에게 많이 일어나기를.

텀블러에 물을 더 채워야겠다.

편의점 인생,
누군가의 불편이 만들어낸 우리의 편의

사회학자 전상인 서울대 교수는 앞으로 병원이 없는 무의촌이나 법조인이 없는 무변촌은 있어도 편의점이 없는 마을은 조만간 완전히 사라질 것이라 일갈한 바 있다.

길거리를 걷다 보면 고작 몇 분 사이에 서너 개의 편의점이 눈에 들어올 때가 있다. 한 자료에 의하면 편의점의 수는 치킨 가맹점의 수를 훌쩍 넘어섰다고 한다. 한국인들이 그렇게나 사랑한다는 치킨, 편의점의 팽창 앞에선 속수무책이다. 가히 '편의점 공화국'이라 해도 과언이 아니다.

주변 공간을 '흡수 통일'하고 있는 편의점의 기세가 등등하다. 편의점은 더 이상 물건만 사는 곳이 아니다. 금융, 우편 등 요즘엔 편의점에서 못하는 게 없다. 필자만 해도 많을 때는 하루에 수차례 편의점에 들른다. 〈나는 편의점에 간다〉(김애란, 2005) 속 '나'의 말처럼 "편의점에 감으로써 물건이 아니라 일상을 구매하게 된다는 생각"을 이따금씩 하게 된다.

편의점은 이제 노래의 소재로도 등장하게 됐다. 한국 힙합의 대부 드렁큰 타이거가 부르는 〈편의점〉, 우리가 늘 마주하는 편의점에 대해 곱씹어보게 만드는 노래다. '편의점 인생'이라는 가사가 유달리 명징하게 들려온다. 남들은 잘 시간에 파스를 붙이며 일하고 있는 자신의 삶을 자조적으로 읊조린 표현인 듯하다. 다른 사람의 편의를 위해 정작 본인은 불편을 감내해야 하는 존재, 그런 삶.

> 지금 당장 주위를 한번 돌아보라. 편의점에서 한 끼 식사를 해결하면서 비닐봉지 한 개 분 정도의 내일을 준비하는 동료나 친구, 이웃이나 친척이 얼마나 많은지
> —《편의점 사회학》(전상인, 2014)

'편의점 인생'은 이처럼 편의점 아르바이트생만이 전유할 수 있는 표현은 아니다. "비닐봉지 한 개 분 정도의 내일을 준비하는" 사람이라면 누구나 '편의점 인생'의 테두리 안에 있다고 볼 수 있을 것이다. 24시간 환한 불빛으로 고객을 맞이하는 편의점. 하지만 편의점의 주된 관심은 고객이 아니라 고객이 사는 물건이다. 김애란의 소설 속 '나'는 편의점에 갔던 사이 이별을 했고 죽을 만큼 아팠지만, 이 모든 것을 아무도 알지 못한다. 또한 편의점에서 마주쳤을 다양한 사람들, 그들의 사정과 애환. 이런 것들에 대해서 편의점은 묻지 않는다. 김애란은 이를 '거대한 관대'라고 씁쓸하게 표현한다.

우아하게 또한 너무도 당연하게 편의점에서 편의만 누리는 우리. 한 번쯤은 '편의점 인생'들에게 시선을 돌려보고, 그들의 불편으로 지탱되고 있는 우리의 편의에 대해 숙고해보는 시간을 가져보면 어떨까?

편의점이라는 유통채널에 대한 경영학적 분석은 넘쳐나지만, '편의점 인생'에 대한 통찰은 부족한 이 각박한 시대. 아래에 사회학자의 조언을 들려 드리며 글을 마칠까 한다.

'편의'라는 미명 아래 우리 사회가 정작 어떤 방향으로 치닫고 있는지 이 땅의 인문학과 사회과학은 편의점 문제에 대해 좀 더 많은 관심과 깊은 성찰을 할애할 필요가 있다.

— 《편의점 사회학》 (전상인, 2014)

투박한 테입 속
음악이 그리워지는 날

　외래어 표기법상 Tape는 '테이프'가 맞지만, 테이프라
고 적으면 너무 가사의 맛(?)이 떨어져서 편의상 '테입'으
로 적는다.

　〈오래된 노래〉, 참 좋아하는 노래다. 즐겨 듣고 즐겨 부
른지도 '오래된 노래'이기도 하다.

　믿고 듣는 김동률의 노래. 둔탁하면서 따뜻한 그의 저음,
진솔한 가사와 잔잔한 멜로디.

　개인적으로는 이 노래에 나오는 '테입'이란 단어가 참
좋다. '낡은 테입', '오래된 테입'이라고 하니 더욱 가슴에

와 닿는다.

카세트 테입에서 CD로 그리고 MP3로의 거칠고도 급격한 변화. 지금은 스마트폰으로 안 되는 게 없는 세상이 됐다. 편해도 너무 편한, 그래서인지 운치가 조금 부족한 그런 세상이다.

테입을 즐겨 듣던 시절이 있었다. 테입에 녹음을 하기도 했고, 앞면과 뒷면에 노래의 리스트를 깨알같이 적어놓기도 했다. '워크맨'을 들고 다녔던 것도 기억난다. 일본의 소니가 만든 이 혁명적인 제품은 "그 시대의 젊은 이와 문화를 상징하는 하나의 아이콘이자 M세대, 즉 자기중심주의 세대의 상징"(《다윈코드》 김영한·류재운, 2009)이었다.

보관을 잘못하거나 테입을 가지고 장난을 치다 보면 망가지기 일쑤였던 테입. 네모나게 각진 그 테입으로 음악을 듣던 시절이 무척이나 그립다.

디지털 음원은 음악을 감상하기에 분명 편리한 이점이 있지만, 음악을 소장하고 간직한다는 느낌을 갖기는 어렵다.

스트리밍 서비스를 통한 이러한 노래 듣기는 간혹 음악을 너무도 쉽게 흘러듣게 한다. 물건을 사듯 별생각 없이 노래를 건조하게 소비하는 듯한 기분마저 가끔 들기도 한다.

조금 불편하고 작동이 느려도 촌스러운 카세트 테입의 딱딱한 질감이 왕왕 생각나는 것은 나만의 음악 테입을 하나하나 쌓아두며 보고 싶을 때가 있기 때문이지 않을까? 테입 혹은 그 안에 들어 있는 노래와 연결된 추억을 떠올리면서.

다들 자기만의 '낡은 테입', '오래된 테입'이 분명 있(었)을 터. 먼지 낀 테입을 꺼내본 적이 언제였나 생각해본다. 어디 분명 예전 테입이 있긴 할 텐데 말이다.

필자에게 이 노래는 흔하디흔한 사랑 노래라기보다는 테입을 듣던 옛 추억을 떠올리게 해주는 특별한 노래다.

너무나 세련된 요즘의 우리들. 이럴 때일수록 외려 '테입'과 같은 예전 단어가 가져다주는 울림이 더욱 큰 것 같다.

투박한 음질의 테입 속 노래를 괜스레 듣고 싶은 날이다. 테입을 통해 추억에 빠져 웃고 떠들던 그 옛날, 그 장면, 그 순간에 흠뻑 빠져보길 권하며 글을 마친다.

픽미세대,
잘난 청춘들이 바라는 작은 소망

긴장해서 엉뚱한 얘기를 늘어놓는 것은 어찌 보면 당연한 일이다. 그런데 바보 같다고 자책을 한다. 〈잘 부탁드립니다〉는 익스의 리드보컬 이상미가 실제로 한 회사 면접에서 낙방한 경험을 토대로 만들어진 노래다.

냉정한 사회는 한 번의 실수도 눈감아주지 않는다. 청춘들은 오늘도 자신의 어리숙함을 탓하며 괴로워한다. 한정된 일자리를 두고 벌이는 처절한 생존경쟁. 전쟁터 (면접장)의 모습은 살풍경하다.

최근에는 '픽미세대'라는 씁쓸한 조어까지 만들어졌다.

회사 면접은 점점 오디션 프로그램의 구조로 진화(?)하고 있고, 단군 이래 최고의 스펙을 갖춘 청춘들은 선택을 받기 위해 옆의 친구를 어떻게든 밀어내야 극악의 경쟁률을 뚫고 살아남을 수 있다.

'단군 이래 최고의 스펙'은 하루아침에 만들어진 게 아닐 터. 스펙이 중요한 게 아니라고 쉽게 말하는 어른들의 말을 청춘들은 무책임하다고 생각한다. 스펙 외에는 자신의 존재가치를 증명할 객관적 지표가 마땅치 않고, 부족한 스펙 때문에 응시 기회조차 박탈당하는 경우도 있기 때문.

《나의 토익 만점 수기》(심재천, 2012)란 소설에서 영어를 모국어로 삼은 스티브는 주인공에게 묻는다. "도대체 영어를 얼마나 잘해야 그 나라 국민이 되는 거야?"

'그 나라'에서 청춘들이 서로를 위로할 수 있는 말은 많지 않다. 그저 영어 점수를 획득하기 위해 오늘도 무던히 공부를 하는 길뿐이다.

다시 익스의 노래로 돌아오자. 울어도 되는지조차 상대에게 질문하는 가여운 청춘. 우리가 그들에게 친구로서, 선배로서, 어른으로서 해줄 수 있는 것은 무엇일까?

익스의 노래는 자기 얘기를 들어줘서 고맙고, 잘 부탁 드린다는 처연한 말로 끝이 난다. 하고 싶은 말을 꾹 참는 것을 습관화하고, 억울함과 불만은 속으로만 삭이고, 취업에 성공한 친구를 보며 느끼는 부러움과 열패감에 짓눌리는 청춘들.

그들의 말을 찬찬히 들어주자.

그들에게 충고랍시고 이거 해라, 저거 해라 하지 않았으면 한다. 웬만한 건 다 준비하고 시도했으며, 누구보다 치열하게 하루하루를 살아가는 친구들이다. '픽미세대'가 선배세대에게 바라는 건 그리 대단한 게 아닐 터이다. 그들의 이야기에 귀를 여는 것이 먼저다.

잘 부탁드린다며 고개를 숙이는 건 왜 꼭 청춘들만의 몫이어야 할까? 미래의 주역인 청춘들에게 잘 부탁한다고 먼저 손을 건네는 어른, 선배들이 많아졌으면 한다.

시대가 만들어낸 우리 잘난 청춘들.

잘 부탁드립니다!

경상도 남자인 아버지의 편지 한 통

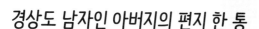

　최백호의 〈애비〉는 결혼을 하는 딸에 대한 아버지의 애절한 마음이 담긴 노래입니다. 저는 드레스를 입을 일이 없는 아들놈이지만, 이 노래를 들으며 아버지가 많이 떠올랐습니다. '애비'라는 단어는 괜스레 사람 마음을 이상하게 만들어놓습니다.

　얼마 전 집에서 책장을 정리하던 중에 우연히 군 복무 시절 아버지에게 받은 편지를 다시 보게 되었습니다. 외롭고 낯설고 막막했던 훈련병에게 유일한 낙은 편지였었죠. 낯 간지러운 표현과는 거리를 두는 보통의 경상도 남자인 아버지는 아들에 대한 그리움을 솔직히 표현을 하셨습니다.

"남자인 아빠도 아들 생각에 눈물을 흘리는데, 엄마는 오죽하겠나 싶다."

남들 다 가는 군대지만 자신의 자식이 가면 또 다른 것이겠지요. 눈물까지 흘리셨다고 하니, 당시 저도 참 많은 생각을 했었습니다.

"네가 세상에 태어나서 기어 다니고 말을 시작하고, 유치원에서부터 대학 들어갈 때까지 순간순간의 여러 시간들…. 아빠가 이 세상에서 만난 가장 소중한 시간들이었건만, 그래도 많이 부족했다는 생각이 드는구나."

우리나라에서 부모의 생각에 반기를 드는 것이 옳은 일은 아니지만, '많이 부족했다는 생각'은 틀렸다고 자신 있게 말할 수 있습니다. 제가 어렸을 때는 자상한 아빠였고, 나이가 들면서부터는 배울 점이 많은 어른이자 귀감이 되는 인생 선배였습니다.

육 년 전 친할아버지가 돌아가셨습니다. 상을 치른 후 서울로 돌아가는 기차 안에서 아버지는 제게 "너는 좋겠다. 엄마 아빠 다 있어서"라고 말하셨습니다.

제게는 늘 어른으로만 인식되었던 아버지의 아이 같은 말에 마음이 많이 아팠습니다. 아버지의 눈물도 할아버지 장례식 때 처음 봤습니다. 손자로서 할아버지를 다시는 못 뵌다는 상심보다 아버지의 슬픔을 지켜보는 게 솔직히 더 힘들었던 기억이 납니다.

문득 국문학자 박동규 교수의 일화가 떠오릅니다. 박교수가 대학에 다니던 시절, 그는 아버지와 구두를 사러 갔습니다. 자신의 구두를 고르고 함께 걸어가는데, 뒤축의 절반이 무너지고 발뒤꿈치가 보일 정도로 낡은 아버지의 구두가 아들의 눈에 들어옵니다.

눈물이 핑 돌았던 아들은 아버지 구두도 낡았다고 말하자, 그의 아버지는 웃으며 아들에게 말합니다.

나이 먹은 이의 구두는 잘 닳지 않는다.
─《아버지는 변하지 않는다》 (박목월·박동규, 2014)

'나이 먹은 이의 구두'를 신고서 아들의 손을 꼭 잡아줬던 이 아버지는 박목월 시인입니다.

아버지의 구두를 자세히 본 기억이 있나요? 언제 구매한 건지, 얼마나 낡았는지 대강이나마 짐작이 되시나요? 부끄럽게도 저는 전혀 감이 안 옵니다.

훈련병에게 보낸 아버지의 편지는 아래와 같이 끝이 납니다.

"앞으로 더 좋은 시간 많이 가지자꾸나. 똑똑하고 반듯한 내 아들이… 너무 보고 싶구나. 아빠."

부족하기만 한 저를 '똑똑하고 반듯한 내 아들'이라고 과분하게 표현해주시는 사랑하는 아버지께 구두를 선물로 사드리려 합니다. 하늘에 계신 할아버지께서도 기뻐하시지 않을까요?

우리 모두 신발장으로 고개를 돌려 봅시다.

워크가 없는 워라밸

워라밸 열풍이 뜨겁다. 도처에서 'PC 오프제' 도입을 공언하고, 주말 근무를 원천 차단하겠다고 한다. 여성은 물론이고 남성의 육아휴직까지 보장한다고 나서는 기업도 증가하고 있다. 좋은 현상이다. '라이프'보다 소중한 게 또 어디 있으랴.

며칠 전 여섯 명의 취업준비생들과 이야기를 나눌 시간이 있었다. 그중 한 학생의 말이 계속 머리에 맴돈다.

"저는 주말 포함해서 매일 야근해도 좋으니 일단 어디든 좀 들어갔으면 좋겠어요."

소위 명문대에 들어가 성실하게 하루하루를 살아온 그의 입에서 나온 저 문장을 듣고 마음이 많이 무거워졌다. 매일 야근을 하는 것은 노동법에 저촉이 되기도 할뿐더러 그렇게 스스로를 혹사하겠다고 암만 고래고래 외쳐도 기업에서 그런 결기를 높이 사는 것도 아니다. 또 일단 어디든 들어가는 것은 옳은 선택이 아니다.

그렇게까지 말하는 그에게 선배로서 밥 한 끼 사주는 것 말고는 해줄 수 있는 게 없어 스스로가 무력하게 느껴졌다.

워라밸이라는 말이 요즘 직장인들 사이에서 많이 회자되고 있다는 말을 감히 꺼내지도 못했다.

제대로 된 '워크'를 갖기 힘든 취업준비생들 입장에서 이 단어는 먼 나라 이야기일 게다. 밸런스는 A와 B가 있다는 것을 전제로 한다. '워크(A)'가 없으니 그들의 '라이프(B)'도 온전할 리 만무하다.

총명하고 성실한 청춘들이 매일 야근해도 좋으니 어디라도 들어갔으면 좋겠다고 말하는 사회에 우리는 살고 있다. 워라밸은 직장인만이 전유할 수 있는 개념이 결코 아니다. 20대 중후반의 이 친구들도 일과 삶의 균형을 향유

할 권리가 있다. 이들에게 하루빨리 건강한 밸런스가 찾아오길, 이 병리적인 사회도 보다 균형 잡힌 모습으로 변화하길.

빵지순례, 빵덕후들의 소소한 행복

'빵지순례(빵+성지순례 합성어)'가 새로운 식도락 트렌드로 각광받고 있다. 인스타그램에 '빵지순례'로 해시태그를 단 게시물이 무려 10만 건이 넘는다.(2019년 1월 기준)

원래 '빵지순례'라고 하면, 기차 타고 지방의 유명 빵집을 찾아가는 여행의 의미가 컸다. 한데 최근엔 전국에 흩어져 있는 유명 빵집들이 서울 및 수도권 지역의 쇼핑몰, 백화점 등에 자리 잡음에 따라, 멀리 떠나지 않고도 빵집 탐방이 가능해졌다.

선결제 예약을 통해서만 구매 가능할 정도로 반응이 폭

발적인 L업체의 통밤식빵, 국산 팥만 사용하며 전 공정을 기계를 사용하지 않고 직접 손으로 만들고 있다는 H빵, 당일에 먹는 것을 권하고 냉동 반죽이 아닌 즉석 반죽을 사용하여 빵덕후들의 사랑을 한 몸에 받고 있는 A베이커리 등 다채로운 콘셉트의 빵집들이 도처에서 빵 마니아들을 유혹하고 있다.

아무리 배부르게 빵을 먹어도 아주 많은 돈이 필요하지는 않을 것이다. 추웠다가, 더웠다가, 미세먼지가 가득했다가, 또 날씨가 조금 맑아지는 등 변덕을 부리는 날씨 속에서 맛있는 빵을 먹으며 행복한 포만감을 즐겨 보길 권한다. 요즘엔 행복이 뭐 그리 거창한 것인가 싶다. 이 글을 다 쓰면, 우유와 옥수수 빵을 먹을 계획이다. 소소한 즐거움을 누리는 데 소요되는 비용은 몇 천 원 정도. 행복은 이렇듯 생각보다 우리 가까이에 있다.

아버지에게
시집을 만들어준 후배 녀석

　회사에 친한 후배 녀석이 한 명 있다. 회사 밖에서도 자주 만나며 서로 속내를 터놓다 보니, 그는 언제부터인가 내 이름 뒤에 회사에서 부여한 직급을 붙이지 않고 형님의 사투리인 '햄'을 붙이고 있다. 퍽 정겨운 호칭이다.

　나보다 고작 몇 살 어린 그를 나는 이따금씩 한참 어린 동생 취급을 하곤 한다. 까불까불한 모습과 장난스러운 말투도 나름 귀엽게 봐줄 만하다. 그가 아무리 회사에 들어오기 전에 육군 장교로 복무했고 누구보다 신실하게 학창생활을 보냈다고 하지만, 내 눈엔 그저 어딘가 좀 어설

퍼 보이고 약간은 풋내가 나는 귀여운 후배였다.

어느 날 그는 내게 갑자기 시집을 낼 수 있는 방법에 대해 진지하게 묻기 시작했다. 앞뒤 설명 없이 대뜸 물어오니 적이 당황스러웠다. 무슨 맥락에서 나온 질문인지 감이 잡히지 않았다. 아마 수개월 전에 경영경제 분야 도서를 출간한 선배니, 시집 출간도 남들보다는 잘 알지 않을까 싶었던 것 같다.

기획출판과 자비출판의 개념에 대해 간단히 설명을 해줬고, 후자에 관심을 갖기에 요즘은 POD라는 게 인기가 있다고 말해주었다. 현실 경제에 유난히 많은 관심을 쏟는 친구가 시적 감수성도 있었구나, 하는 생각을 하던 차에 그는 출판을 알아보는 이유에 대해 입을 열었다. 아버지의 시집을 만들어주고 싶다는 것이었다.

그 생각이 참 기특했다. 그 말을 듣는 순간 저 표현밖에 떠오르지 않았다. 기특했다 정말. 소개팅과 주식 이야기에 눈이 커지는 친구인데, 아버지가 SNS에 써온 시를 모아 책을 만들어 회갑 선물로 봉정하겠다는 생각이 참으로 아름다웠다.

그와 왕십리역 근처 작은 술집에 가서 소주 몇 잔을 주고받았다. 아버지에 대한 이야기가 자연스레 나왔다. 58년생 개띠인 그의 아버지는 경상도 남자 특유의 무뚝뚝함을 지니고 있는, 우리가 흔히 떠올려보는 그런 아버지였다. 일찍이 은행에서 사회생활을 시작해 20년 가까이 앞만 보고 달려오다 IMF와 맞닥뜨렸다. 그 후 오랜 도시생활을 접고 전원생활을 시작해 지금까지도 새 직장에서 나름의 역할을 수행해오고 계신다.

2013년부터 아버지는 본인의 SNS에 시를 쓰기 시작했단다. 문자 메시지에 대한 답은 언제나 건조하기 그지없는 '알았다'일 정도로 무딘 중년 남성, 섬세한 감정 표현에 서투른 이 무심한 아버지는 당신이 지은 시에서만큼은 아내에 대한 애틋한 감정을 표현했고, 홀어머니에 대한 걱정을 담았으며, 아들과 딸에 대한 진한 사랑을 드러냈다.

그 후배가 아버지께 시집을 드리기 전 그 소중한 책자를 내게 조심스레 보여주었다. 제목은 '無心'이었다. 그의 아버지가 가진 인생철학과 어쩐지 잘 어울리는 듯해 묘한 기분이 들었다. 그중 몇몇 시가 내 눈에 들어왔다.

〈아들의 가훈〉이라는 시에서는 아들이 어렸을 때 학교

에서 화목, 사랑이라는 글자를 입힌 판화를 가져온 것을 가훈처럼 걸어두고 있는 에피소드를 접할 수 있었다. "아마도 부모에게는/그 어떤 값비싼 그림보다도/그것이 가장 소중한 거다"라는 문장으로 이 시는 끝이 난다.

〈30주년〉이라는 시에는 치열하고 성실하게 가장으로서 묵묵히 달려온 우리네 아버지의 초상이 엿보였다. 그는 말한다. "아무리 어려움이 닥쳐와도 위로 받지 말자." 행여 조금이라도 약해질까 봐 자신을 다잡는 모습에 나의 아버지의 주름과 안경이 겹쳤다. 그래서 더 읽기가 쉽지가 않았다.

후배는 입영 훈련 때 태어나서 처음 아버지의 편지를 받아보았다고 한다. 내용은 잘 기억이 나지 않는데, 어릴 적 어떤 이야기를 꺼내며 무언가를 못해줘서 미안하다고 말을 했다고 한다. 자식의 진로, 적성, 미래에 대해 누구보다 현실적이고 유익한 조언을 해주었던 스승 같은 멋진 아버지가 미안하다고 쓰는 그 구절이 마음에 걸렸다고 한다.

無心

이번 글을 쓰기 전 빈 종이에 후배 아버지의 시집 제목을 수차례 연필로 적어보았다.

無心, 無心, 無心, 無心.

어렵지 않은 이 한자를 적어 가는데, 우리 아버지의 얼굴이 떠오른다. 이유는 잘 모르겠다.

이 후배는 나의 이 부족한 글을 아버지께 인쇄해서 보여드릴 계획이라고 했다. 내년 퇴직을 앞둔 아버지께 자신의 마음을 내 글을 빌려서라도 살짝 전하고 싶다는 것. 이 모자란 글이 정성스레 만든 시집에 비할 바는 아니겠으나, 아들의 속 깊은 생각이 멋쟁이 아버님께 잘 전달되기 바랄 뿐이다.

메신저 역할을 수행하게 된 필자로서 감히 후배의 아버지께 몇 말씀 아뢰며 글을 마칠까 한다.

아버님의 시를 읽다 보니, 저희 아버지가 떠올랐습니다. 아직 철없는 제가 지금이라도 제대로 효도해야겠다는 다짐을 하게 만들어주셔서 감사합니다. 동생 같기만 한 친구였는데, 아버님을 생각하는 마음씨가 무척 어른스럽네요. 그런 소양과 태도가 다 아버님의 영향과 가르침의 소산이었음을 미루어 짐작해봅니다. 저도 아버님의 아들처럼 속 깊은 아들이 될 수 있도록 노력하겠습니다. 언제 한 번 같이 인사 올리겠습니다.

이 모자란 글을 아버님께 바칩니다.

퍼스널 브랜딩,
자신을 수식할 수 있는 말을 만들어라

　미국의 42대 대통령을 지낸 빌 클린턴이 '지금까지 내가 만나본 기업가들 중 가장 흥미로운 사람'이라고 표현했던 탐스의 설립자 블레이크 마이코스키.

　그를 수식하는 'CSG'가 무슨 뜻인지 몰라 의아했던 기억이 있다. CEO(최고 경영자), CFO(최고 재무 책임자), CMO(최고 마케팅 책임자), COO(최고 운영 책임자)는 들어봤어도 CSG는 처음 접한 개념이기 때문이다. 최근에는 CDO(최고 다양성 책임자)라는 직책까지 생겨났다는 소식을 듣기도 했다. 한데 CSG의 뜻은 도무지 유추가 잘 되지 않았다.

뜻을 보고 무릎을 쳤다. CSG는 Chief Shoe Giver(최고 신발 기부자)를 의미한 것이었다. 신발을 한 켤레 팔면, 한 켤레를 기부하는 탐스의 기업 특성과 절묘하게 조응되는 수식어였다. 그 어떤 화려한 직책보다 강렬한 인상을 심어주는 동시에 블레이크 마이코스키를 더욱 매력적으로 보이게 하지 않는가?

퍼스널 브랜딩에 관심이 있다면, 자신을 수식할 수 있는 매혹적인 언어를 발굴해야 한다.

한양대학교 교육공학과 유영만 교수는 '지식생태학자'로 불린다. 교육공학 전공 교수와 지식생태학자를 비교했을 때, 후자가 더 희소성이 있고 강연과 기고 등 운신의 폭도 더 넓다. 발언할 수 있는 주제도 더욱 광범하다. 무엇보다 다른 교수들과 차별화된다는 점이 특기할 만하다.

고미숙 감이당 연구원은 또 어떠한가? 그녀는 대한민국 고전평론가 1호다. 적극적으로 '창직 Job Creation'에 나선 것이다. 포털에서 '고전평론가'를 검색해보면, '고미숙'의 이름만 나온다. 창직을 통한 퍼스널 브랜딩의 위력이다.

웹툰을 좋아하는 친구가 있다. 웹툰 작가의 면면을 꿰뚫고 있고, 다양한 웹툰의 서사구조에 관심을 갖는 그에게 '웹툰 평론가'가 될 것을 권해보았다. 돌아온 대답은 그런 직업이 어디 있느냐는 것이었다. 당연히 무턱대고 아무 이름이나 갖다 붙여서는 안 될 것이다. 하지만 어떤 네이밍에 부끄럽지 않은 결과물을 낼 열정과 노력이 있다면, 그 수식은 자신의 가치를 더욱 올려줄 것이다.

퍼스널 브랜딩을 꿈꾸는 사람이 많다. 당신을 수식하는 표현은 무엇인가?

워라밸과 워스밸

　도처에서 '워라밸' 열풍이다. 주 52시간제 도입으로 정시퇴근이 가능해진 직장인들은 무언가를 배우기 위해 대학원으로, 어학원으로, 강연장으로, 스터디 모임으로 발길을 옮긴다. 온라인 수업을 수강하는 경우도 있다. 배우는 분야의 종류가 많지 않았던 과거와 달리 현재는 배워야 할 것도, 익혀야 할 스킬도 더 많아져서 강좌의 구성도 천차만별이다.

　먼저 대학원의 경우를 살펴보자. 연차나 반차를 내고 주간대학원 수업을 듣는가 하면, 야간대학원에서 공부를 이어가거나 주말 수업을 신청하기도 한다. 기업의 언어, 논리를 이해하기 위해 경영대학원에 진학하는 경우도 있고 본인이 학부 때 전공했던 학문을 심화학습하기 위해 석사과정의 문을 두드리기도 한다.

더 욕심을 내서 박사학위까지 고려하는 직장인도 있다. 이들은 논문 주제로 본인이 속해 있는 산업이나 기업의 이슈를 택하기도 하고, 맡고 있는 직무에서 아이디어를 얻기도 한다. 박사모까지 쓴 이들은 학교에서 강의를 맡거나, 책이나 칼럼을 쓰며 본인의 전문성을 높이고 자신의 브랜드 가치를 올리는 데 진력한다. 이 과정에서 이들이 활용할 수 있는 폭도 넓어진다. 실무와 지식 및 이론이 융합된 직장인 교수, 직장인 강사, 직장인 작가는 앞으로 더욱 늘어갈 것이다.

어학원에 가서는 영어, 중국어 등을 배우거나 아니면 아예 남들이 잘 배우지 않는 언어를 택해 공부하기도 한다. 베트남어, 인도네시아어, 태국어 등이 그 예가 되겠다. 관심 있는 주제에 따라 강연장, 스터디 모임에 가기도 한다. 퇴근 후 학생이 되는 이 치열하고 열정적인 퇴튜던트(퇴근+스튜던트)들에게 중요한 건 워라밸 Work and Life

스터디의 대상이 꼭 학문, 외국어, 자격증 등에 국한되지는 않는다. 운동, 요리, 악기연주 등 취미생활도 포괄한다. 방점은 배움에 찍혀 있다. 배움을 통해 남들과 차별화하는 것이다. 차별화의 무게중심이 직장 내 경쟁력이든, 교양이나 삶의 질이든, 이들은 무언가를 배움으로써 삶의 활력을 얻고 동기부여의 기회로 삼는다.

사실 워스밸은 워라밸의 부분 집합일 수 있다. 그럼에도 워스밸만 딱 떼놓고 말하고자 하는 건, 현재 직장생활을 유지하며 저녁과 주말에 또 다른 업을 영위하고자 하는 사람이 많기 때문이다. 또 그 단계에 가기 전에 거쳐야 하는 것이 해당 분야에 대한 심도 있는 스터디이기 때문이다.

직장인 강사, 직장인 작가를 꿈꾸는가? 투잡, 쓰리잡을 준비하려 하는가?

당신의 '워스밸'은 어떠한가? 일과 공부의 균형, 그 균형추 위에 서서 구슬땀을 흘리며 고군분투하고 있는 모든 이들에게 응원을 보낸다.

독전감과 독중감

어릴 적부터 우리를 괴롭혀온 숙제, 바로 독후감이다.

독후감의 한자를 뜯어보자. 만만한 과정이 하나도 없다.

먼저 독讀.

일단 본인이 읽고 싶은 책이 아니라, 읽어야 하는 책을 누군가 선정해줄 때 '독'의 괴로움은 배가된다. 책은 좀 두꺼운가. 시간도 많이 걸리고, 읽고 있다 보면 앞의 내용을 까먹기 일쑤다. 독서의 흐름도 자주 끊기고.

그다음 후後.

뒤에 페이지가 얼마 안 남았을 때 성취감이 느껴지기보

다는 '다 읽어가는 데, 무슨 감상문을 써야 할지 모르겠다'
는 불안감이 엄습한다. 다 읽고 써야 한다는 것, 어떤 과
정 후에 결과물을 만들어내야 한다는 강박, 이것이 독서
의 즐거움을 반감시킨다.

그래서 '감感'을 잡기 어렵다. 제대로 된 감상이 나오기
힘든 구조인 것이다.

그러니 이제 읽기 전에 쓰는 독전감讀前感 을 권해보려
한다.

길지 않아도 좋다. 내용을 100퍼센트 다 파악하지 않아
도 무방하다. 그럴 필요도 없고.

일단 원하는 책을 고르는 과정이 독전감의 산뜻한 시작
이다. 제목과 표지 디자인이 끌려서 책을 짚더라도 괜찮
다. 꼭 시대담론을 반영한 책을 읽어야 할 의무가 우리에
겐 없다. 얇은 책을 고르는 것도 좋다. 아무도 뭐라 하지
않는다.

저자의 프로필이 이채로운가? 그것 역시 그 책을 고르
는 유인이 될 수 있다. 신간이든 구간이든 상관없다. 책을
고르는 데 멋진 동기가 따로 있지는 않을 터, 독전감은 숙
제가 아니다.

책에 대한 첫인상, 저자에 대한 기대를 몇 문장으로 끄적여 보자. 스마트폰 메모장에 빠르게 몇 자 적는 건 그리 어렵지 않을 일. 문법 오류 따위 생각하지 않아도 된다. 기존에 알고 있던 저자라면 알고 있는 대로, 모르는 저자라면 모르는 대로 나름의 기대되는 감상평을 적어보자.

여행을 떠나기 전 가장 설레는 순간은 공항에 도착해 탑승시간을 체크하며 출국을 준비하는 시간이다. 전前이 주는 매력, 그리고 그에 따라 부풀어 오르는 설렘의 크기를 우리는 잘 알고 있다.

운동을 하기 전 몸풀기 운동을 해야 하듯 책을 읽기 전 우리는 각자의 방식으로 독서라는 여행 버스에 올라탈 채비를 마칠 수 있다.

목차를 읽어보자. 어떤 글이 전개될지 대강이나마 예상이 될 것이다. 그때부터 짧게 짧게 메모를 해보면 된다. 형광펜으로 밑줄을 긋든, 포스트잇을 덕지덕지 붙이든, 책의 군데군데를 접든, 내 책이라면 여러 방식으로 독서한 티를 마구 낼 수 있다. 그러면서 독중감讀中感에도 빠져보는 것이다.

바쁜 일상 속에서 시간을 쪼개 책을 읽는 것이기에, 인상적인 문장이나 기억하고 싶은 구절은 따로 기록해두어야 한다. 딴지를 걸고 싶거나, 어떤 주장에 대해서 진지하게 반론을 펼치고 싶으면 그 역시 그때그때 정제되지 않아도 좋으니 적어두자.

우리는 어렸을 때부터 독전감, 독중감을 배우지 못했다. 이 유의미한 단계를 뛰어넘어 바로 독후감을 쓰기를 강요받았다. 이젠 읽기 전에, 그리고 읽으면서 우리 감상을 자유로운 방식으로 정리하는 시간을 가져보면 어떨까.

독전감과 독중감이 습관화될 때 책읽기가 부과하는 부담의 장벽은 낮아지고, 독서의 기쁨은 한층 커지게 될 것이다. 독후감을 쓴다 해도, 독전과 독중의 생각이 더해져 완성도가 더욱 높아질 수 있을 것이다.

다 안 읽어도 좋다. 완독의 부담에서 해방되었으면 한다. 독전, 독중에 느끼는 당신의 생각이 옳다.

반박 불가.

맞는 말이었다. 우리가 일상에서 가끔씩 사용하기도 하고, 특히 TV 예능 프로그램에 자주 등장하는 표현인 '연상연하 커플'은 참으로 쓰임새가 이상하다는 것을 그때 새삼 느꼈다.

2부

차별과 편견

연상연하 커플이라는 말,
참으로 이상한 용법

며칠 전 여자친구(지금의 아내)가 자신이 아는 언니가 곧 결혼한다는 얘기를 들려주었다. 그런데 상대 남성이 군인이라고 했다. 나는 직업 군인일 수 있다는 생각을 미처 못하고, 학사장교로 복무 중인 20대 중후반의 캐릭터를 혼자 생각했다.

이유는 모르겠다. 그냥 그런 인물상이 떠올랐다.

그리고 나도 모르게 내 입에서 나왔던 말. "연상연하 커플이야?"

여자친구는 대답했다. "응. 연하야."

일 분도 안 되는 시간이었지만 짧게나마 이 정도로 다른 커플 얘기를 했으면 충분하다 싶어 다른 주제를 꺼내려했을 때 여자친구가 한 마디를 덧붙였다.

"언니가 두 살인가, 세 살인가 어릴 걸? 그러니까 연하지 뭐."

반박 불가. 맞는 말이었다. 우리가 일상에서 가끔씩 사용하기도 하고, 특히 TV 예능 프로그램에 자주 등장하는 표현인 '연상연하 커플'은 참으로 쓰임새가 이상하다는 것을 그때 새삼 느꼈다.

여성이 남성보다 나이가 많을 때만 쓰는 반쪽짜리 표현이었던 것이다.

참고로 내 여자친구는 나보다 나이가 어리다. 그러면 우리도 연상연하 커플 아닌가? 내가 연상, 그녀가 연하. 그러나 지금껏 그렇게 우리를 부르는 사람은 단 한 명도 없었다.

어떤 커플의 나이 차이에 대해 타인이 왈가왈부하는 게 옳은 일은 아니지만, 군이 '나이'의 틀을 가지고 말을 하자면 사실 그 커플이 동갑인가 아닌가로 나뉠 뿐이다. 나이가 다르다면 누군가는 연상이고, 자연히 남은 사람은 연하일 터. '연상연하'라는 말을 굳이 갖다 붙일 필요가 없는 것이다.

'연상 여성─연하 남성' 커플을 가리켜 연상연하 커플이라고 부르는 것은 '연상 남성─연하 여성' 구도가 자연스럽다는 우리들의 일방적인 생각에서 기인했으리라.

평소에 섬세한 언어를 쓰자고 다짐했던 나는 '우문'을 던졌던 것을 반성하였다. 여자친구와 편안하게 대화하는 중에 가볍게 던진 말을 우문이라고까지 말하는 이유는 두 가지.

첫째는 해당 커플의 나이에 대한 이야기를 꺼낸 것. 정말 촌스럽기 짝이 없다. 둘째는 '연상연하 커플'의 용법에 대해 문제의식을 느끼지 못했던 것.

다행히도 아둔한 질문에 대한 대답은 명쾌했다.

'현답'을 제시한 그녀에게 감사함을 전한다.

장례식의 사회학,
슬퍼할 자격과 스펙의 관계

여기 두 청년이 있다. 지난달 외조모상을 겪은 A, 비슷한 시기에 조부상을 겪은 B. A와 B 모두 부모상이 아니기에 A의 어머니, B의 아버지만큼 애통해하지는 않았다. 하지만 손주 사랑이 유달리 각별했던 어르신들이었기에 이들 역시 영정사진을 들고 자주 고개를 숙이곤 했다.

A의 장례식은 A가 속한 대기업의 든든한 지원 아래 진행되었다. 이른바 '총괄적 상조서비스 지원'이란다. 장례 지도사, 입관 상례사, 장례 관리사 등의 인력지원, 앰뷸런스와 운구 리무진 등의 차량 서비스는 물론 수의와 목관,

상복, 제단 장식, 꽃바구니, 빈소 용품 등이 지원된다. 몇 몇 용품에는 이 모든 지원의 주체를 당당히 드러내려는 듯 그룹의 로고 디자인이 자랑스레 부착되어 있다.

'총괄적 상조서비스 지원'은 단숨에 손자 A를 총괄적 효 자로 승격시켰다. A는 A의 부모님에게 장례비용의 절감 이라는 '경제적 효익'과 친척들 사이에서 대기업 직원 아 들을 뒀다(혹은 잘 키워냈다)는 '사회적 승인' 두 가지를 동시 에 안겼다.

장례식을 찾아온 어머니의 지인들은 슬픔에 대한 첫 번 째 위로로 아들 A의 '사회적 안정화'를 언급했다. 어머니 께서 A가 좋은 곳 취업하는 것도 보시고 아무 걱정 없이 편안히 가셨다는 논리로 시작하여 A 봐서라도 자네도 힘 내야 한다로 끝을 맺었다.

몇 년에 한 번 꼴로 볼까 말까 한 머나먼 친척 어른들은 A와 명함을 교환한다. 명함에 적힌 그룹사의 이름을 보고 다들 한 마디씩 보탠다. 그 그룹의 역사, 최근 이슈 등을 이야기하고 자신이 아는 아무개가 거기 협력사에 다닌다 는 말도 빠트리지 않는다.

분위기가 조금 다른 B의 장례식으로 고개를 돌려보자.

서울 유수 대학을 졸업한 지 삼 년 반이 지난 B는 최소 10대 그룹은 갈 거라는 친척들의 기대에 부응하지 못했다. B의 할아버지는 B가 재수 끝에 서울 유명 사립대학에 입학하자 1학년 두학기의 입학금과 등록금을 모두 지불하셨다. B는 할아버지에게 언제나 '우리 잘난 손주'였다.

사촌동생들이 하나 둘 자리를 잡으며 할아버지에게 자랑스레 용돈을 드릴 때, 할아버지는 B가 행여 상심할까봐 그 앞에서 크게 기쁜 내색을 하지 않으시곤 했다. B는 '우리 잘난 손주'로서의 역할을 본의 아니게 자꾸 유예하게 되는 상황이 속상했다. 그래서 죄송한 마음에 안부전화 역시 잘 걸지 못했다.

이제는 익숙하지만 받을 때마다 가슴을 갈기갈기 찢어놓는 최종면접 탈락 문자 한 통을 또다시 전해 받은 날 저녁 9시, B의 할아버지는 심근경색으로 돌아가셨다. 황망하게 떠나신 할아버지 생각에 B는 몹시 가책이 되었다.

오랜만에 만난 친척들은 B에 대한 할아버지의 사랑이 얼마나 크고 깊었는지를 경쟁하듯 이야기하며, 'B가 잘되는 걸 보고 눈 감으셨어야 했는데'라는 B에 대한 잔혹한 언어적 형벌을 어김없이 집행하였다

B는 가까운 친구들에게 딱히 연락을 하지도 못했다. 부모상이 아니라는 표면적 이유 아래 놓인 진짜 이유는 오랜만에 연락하여 자신의 근황(=무직)을 밝히고 싶지 않았기 때문이다. 자연히 친척 외에는 자신의 손님은 단 한 명도 없었다.

팀장과 일곱 명의 팀원들이 두툼한 조의금 봉투를 들고 온 사촌동생을 보며 고개를 푹 숙였다. 할아버지에 대한 그리움으로 고개를 숙이는지, 32세 취업준비생이라는 현실에 눌려 고개를 숙이는지 분간이 안 되는 오늘의 상황을 되레 다행이라 여겼다. B의 아버지는 큰 아들(B)의 취업 관련 질문 세례에 지쳐 녹신해졌다. B는 할아버지가 돌아가신 이유에 자신이 깊이 연루되어 있는 것 같은 죄스러운 느낌마저 들었다.

취업준비라는 긴 터널에서 상주로서 결격이 아닌가 하는 심리적 자책까지 짊어야 하는 이 시대 대부분의 청년들. 취업 못한 게 '유죄선고'라도 되는 냥 고개를 처박아야 하는 부박한 사회상.

장례식과 직접적인 연관이 없는 이유로 상중에 슬퍼해야 하는 청년들이 주위에 꽤나 많다. 이는 대개 개인의 실력 부족에 기인하기보다는 사회구조적인 문제와 맞닿아 있는 경우가 많다. 개인사로 분류되는 장례식에 사회학의 렌즈를 들이미는 이유기도 하다. 이젠 슬퍼할 자격에도 스펙이 뒷받침되어야 하나 보다. 그래서 장례식은 슬프다.

채식에 대한 태도, 그 일상의 교양

— '타인의 기호'와 '사회적 기호' 그 사이

　신자유주의와 재벌체제를 비판하며 노동자 중심의 사회를 구현하자고 목소리를 높이는 사람이 있다고 해보자. 우리는 그에게 까탈스럽다고 함부로 말하지 않는다. 그 주장에 동의하고 안 하고는 각자의 판단 영역이고, 서로의 다름을 깔끔히 인정하면 될 일이니. 상대가 가진 정치적 신념에 대해 겉으로나마 인정하는 모양새를 취하는 것은 언제부터인가 교양의 지표가 된 듯하다. 다르다와 틀리다는 다르다는 것을 요즘은 초등학생도 다 안다.

　그런데 이 품격 있는 '교양인'들이 일상생활의 미시적인 부분에서는 다름에 대해 존중이 아닌 폭력으로 응수하는 경우가 적잖다. 대표적인 것이 바로 먹는 문제다. 같이 먹는 것을 선호하고, 회식문화가 발달한 한국사회에서 이는 간단한 사안이 아니다.

> 얼마 전에 오십만 년 전 인간의 미라가 발견됐죠? 거기에도 수렵의 흔적이 있었다는 것 아닙니까. 육식은 본능이에요. 채식이란 본능을 거스르는 거죠. 자연스럽지가 않아요.
> ―《채식주의자》 (한강, 2007)

이 책을 다시 꺼내 읽어보니, 채식주의자에 대한 사람들의 폭력적인 반응에 새삼 놀라게 됐다.

육식은 정말 본능일까? 그리고 채식이란 정녕 본능을 거슬러, 자연스럽지 않은 것일까? 채식주의자를 앞에 두고 "저는 아직 진짜 채식주의자와 함께 밥을 먹어본 적이 없어요"라고 상대의 입장을 전혀 고려하지 않은 말을 내뱉거나, "어서 입 벌려. 이거 싫으냐? 그럼 이거"라며 쇠고기볶음을 들이댄다. 억지로 입 안에 고기를 쑤셔 넣기도 하니 말 다했다.

"육식문화를 초월하는 것은 우리 자신을 원상태로 돌리고 온전하게 만들고자 하는 징표이자 혁명적인 행동"이라 역설했던 제레미 리프킨이 들으면 섭섭할 말들의 향연이다. 유감스럽게도 채식에 대한 몰이해는 문학 바깥의 현실에서도 유효하다.

육식이 본능인지 아닌지는 잘 모르겠으나, 채식주의는 마땅히 존중받아야 할 개인의 식습관 중 하나이다. 맞고 틀리고의 문제가 아닌 것이다. 얼마나 많은 사람들이 채식을 할까? 한국채식연합에 따르면, 국내 채식 인구는 최대 백오십만 명에 달하는 것으로 추정된다. 2011년에 오십만 명 수준이었으니 5~6년 만에 세 배가량 증가한 것이다.

그렇다면 다름에 대해 존중하는 태도가 가장 앞서있다고 말할 수 있는 대학교는 상황이 어떠한가. 최근 몇몇 대학에 채식 동아리가 생기고 있고, 학생식당에도 가격이 비싸긴 하지만 채식 메뉴가 등장하고 있다. 그러나 여전히 채식주의자들은 뭔가 좀 까탈스러운 사람으로 치부되는 경향이 있다. 이는 매우 무례한 것이다.

정치, 종교 등 무거운 주제에 대해서는 그래도 책에서 배운 게 있으니 상대를 존중하는 척이라도 하는데, 식습관은 상대적으로 사소해 보여서인지 '타인의 기호'를 '사회적 기호'에 맞추라고 으름장을 놓는 경우가 왕왕 발생한다.

필자는 채식주의자가 아니지만, 지인 한 명이 '미트 프리 먼데이(고기 없는 월요일)' 운동을 회사 구내식당에서 실천해보자고 제안했다가 이상한 사람 취급을 받았다는 얘기를 듣고 매우 놀란 적이 있다. 건강에 도움이 되는 좋은 캠페인 같은데, 그녀는 상사에게 왜 다른 사람에게 피해를 주는 짓을 하려고 하냐는 말을 들었다.

사회적 소수자를 보호해야 한다는 것은 머리로라도 다들 받아들이면서, 육식을 거부하는 이들에 대해서는 내 주위에 있으면 귀찮을 부류라고 생각하곤 한다. 누군가에겐 이념과 신앙 위에 채식할 권리가 놓여 있을 수도 있다. 따지고 보면 먹는 것만큼 중요한 게 또 어디 있겠는가.

누구나 다 진보정당의 당원이 될 필요는 없지만, 이들이 펼치는 견해는 존중을 해야 한다. 마찬가지로 모든 사람이 전부 채식을 할 필요는 없겠으나, 채식주의자들의 취향과 신념 역시 인정하고 존중해야 마땅하다. 차이를 인정한다는 그 '교양', 일상에서부터 좀 시작해보자.

남자다움이라는 문법적 착각

— 양성평등적 언어가 더욱 강한 군대를 만든다

군대가 남성들의 전유물인 시절이 있었다. 군대는 남성성이 가장 극렬하게 표출되는 조직이었고, '약한 여성'을 보호해야 하는 '강한 남성'의 집단이었다. '남자답다'는 표현과 '힘'은 동일시되었고 동시에 상찬되었다.

여군이 등장함으로써 군 조직 자체의 패러다임이 변했다. 사관학교에 여생도가 입학하게 되고 수석 졸업생도 배출됐다. 부사관 중에서도 여성의 비율은 눈에 띄게 증가했다.

조직의 구성과 성격이 변화하면 인식의 전환도 수반되

어야 한다. 하지만 군대 관련 뉴스를 접하다 보면, 옛 군 조직이 갖고 있던 관성 때문인지 여성성에 대비되는 것으로서의 남성성에 대한 지나친 강조가 아직도 사라지지 않은 듯하다. 이는 일종의 문화지체 현상이라 할만하다.

20대 초반에 훈련소에서 훈련을 받던 중, 일부 훈련병들이 흐트러진 모습을 보이면 조교와 교관들은 "너희들이 그러고도 남자야?"라는 말로 꾸짖곤 했다. 기합을 받을 때 누군가 힘들어 하는 기색을 보이면 '계집애 같다'는 핀잔을 줬다. 우리와 그리 멀리 떨어지지 않은 곳에서 수많은 여부사관 후보생들이 훈련을 받고 있었는데, '계집애' 운운하는 것은 분명 부박한 언행이었다.

'계집애'라는 속된 말로 표상되는 여성성은 분명 이들(‘계집애’ 운운하는 일부 남자 군인)에게 남성성의 대척점에 위치한 모종의 열등한 속성으로 인식되고 있는 듯했다. 계집애나 여자라는 주어 뒤에 긍정적 술어가 오는 경우는 거의 없었고, 훈련병을 질타할 때 여성을 뜻하는 이런 못된 어휘들이 빈번히 동원되곤 했다.

'계집애'와 같은 표현을 너무도 자연스럽게 구사하는 언어적 둔감함을 차치하더라도, 상명하복의 철저한 계급사회인 군대에서 이들이 자신들의 상관인 여성 장교 앞에서도 그런 태도를 취할 수 있을지 의문스러울 따름이다. 실로 자가당착이 아닐 수 없다.

기지 구보를 할 때 "어머니, 보고 싶습니다. 사랑합니다!"와 같은 뜨거운 말을 외치며 달렸던 기억이 아직도 생생하다. 군대 내에서 여성을 비하하는 일련의 저열한 언동은 어머니에 대한 이러한 고결한 외침까지 실천적으로 배반하는 것이기도 하다.

군가에서도 문제점은 드러난다. 가사를 보면, 남자만을 국방의 주역으로 상정하고 있음을 확인할 수 있다. 목 터져라 수없이 불렀던 노래인 〈멋진 사나이〉. 그냥 〈멋진 군인〉이면 안 되는가?

사나이만 군인으로 인정되었던 수십 년 전 상황에서 왜 이리 전진하지 못하는가. 프랑스 사회학자 피에르 부르디외가 지적했던 '아비투스', 즉 습속에서 가장 벗어나지 못하고 있는 집단은 아마도 군대일 것이다.

또 군가 가사 중에는 유독 '아들'이라는 표현이 많다. 귀하디귀한 '딸'들도 요즘 얼마나 많이 국방의 임무에 매진하고 있는가.

군가도 달라진 시대의 모습을 반영하고, 스스로 변화하려는 의지를 천명해야 한다. 남자, 사나이, 아들만을 군대의 구성원으로 인식했던 구시대적 습속을 하루빨리 떨쳐내야 마땅하다.

군인으로서 용맹하지 못한 모습을 보이거나 나약한 태도를 드러냈을 때 상관에게 훈계를 듣는 것은 당연지사다. 한데 "너희들이 그러고도 남자야?"라고 쏘아붙이는 건 현재 상황에서 분명 틀린 어법이다. 비트겐슈타인이 설파한 바 있는 '문법적 착각'에 다름 아니다. "너희들이 그러고도 군인이야?"라고 말하는 게 온당하지 않을까 싶다.

특정 성별만을 의식적으로든 무의식적으로든 강조하게 되면 하나의 성만 주체가 되고, 또 다른 성은 객체로 전락해버린다. 국방의 의무는 양성이 힘을 모아 완수해야 하는 국가적 과제다.

평소의 언행은 물론이고 군가의 가사, 각종 공문서에서도 가치중립적이고 양성평등적 언어를 사용해야 한다. 혹여 지금도 그러고 있다고 반문하는 이가 있다면, 좀 더 신중하고 섬세하게 언어를 구사하자고 다시 역설하겠다. '남자다움'이 아닌 '군인다움'이 강조될 때 훨씬 더 강하고 튼튼한 군대가 되리라 믿어 의심치 않는다. 아직도 군내에서 '계집애' 운운하는 몽매한 이들이 있다면 이렇게 묻고 싶다.

"너희들이 그러고도 군인이야?"

강요된 네오필리아,
계획적 진부화의 민낯

철학자 귄터 안더스는 현대의 소비자들이 '네오필리아' 에 사로잡혀 있다고 갈파한다. 네오필리아는 새로운 것을 좋아하는 경향을 의미한다.

《낭비 사회를 넘어서》(세르주 라투슈, 정기헌, 2014)를 읽다 보면, 이 네오필리아가 현대인의 자연스러운 소비 습성이 라기보다는 어떤 외부적 경제 메커니즘(이윤)과 이해관계 에 의해 강요된 것임을 알 수 있다. 그 강요의 실체가 이 책의 부제(계획적 진부화라는 광기에 관한 보고서)를 통해 고스 란히 드러난다.

'계획적 진부화'란 말 그대로 계획적으로 상품의 가치를 진부화시키는 것이다. 인위적으로 제품에 결함을 삽입하고, 그 수명을 단축하고 제한하는 작태를 일컫는다.

가령, 프린터를 제조할 때 특정 매수 이상으로 인쇄를 하면 자동으로 작동을 멈추게 하는 마이크로 칩을 삽입하는 방식이다. 더욱 튼튼하고 성능 좋은 제품을 만들기 위해 노력해야 할 기업이 되레 제품 내구성에 해를 가하는 데 혈안이 되어 있으니, 저자의 말마따나 광기에 다름 아니다.

유쾌하게도 이 광기의 역사는 생각보다 유구하다. 1881년 에디슨이 만든 전구는 수명이 1500시간이었고, 40여 년 후 생산된 전구는 평균 수명이 2500시간에 달했다.

수명이 짧아야 소비자들이 자주 구매를 하기 때문에, 전구 제조업체 관계자들에게 이런 긴 제품 수명은 발전이 아닌 퇴행이었고 결단코 용납할 수 없는 것이었다.

그들은 전구의 수명을 1000시간 이하로 제한하자는 결론에 이르고, 이른바 '1000시간 위원회'의 감시 활동 덕분에 전구의 제품 수명은 그들이 원하는 시간대로 퇴보시킬 수 있었다.

자동차 한 대를 끌 수 있을 정도로 튼튼한 나일론 스타킹을 개발한 엔지니어들에게 돌아온 건 칭찬이나 인센티브가 아니라 스타킹에 죽음의 유전자를 삽입하라는 경영진의 주문이었다. 스타킹을 덜 질기게 만들라는 것. 이 사례는 산업논리의 포악함을 여과 없이 보여준다.

그 옛날 1940년대에도 듀폰사가 올이 풀리지 않는 스타킹을 만들 수 있었는데, 칠십 년이 넘게 흐른 지금도 여성들은 스타킹을 자주 사야 한다. 계획적 진부화는 현재진행형인 것이다. 더욱 좋은 제품을 못 만드는 게 아니라 안 만드는 것이 아닌가 하는 의혹을 떨칠 수 없다는 게 씁쓸한 뿐이다.

소비는 더이상 거부할 수 없는 명령이 되어 버렸다. 대량생산은 대량소비를 전제로 한다. 그래야 물건이 모두 처분되기 때문이다. 네오필리아가 왜 거부할 수 없는 명령인지에 대한 단서가 나오는 대목이다.

이 화려한 소비사회에서 수요를 계속 유지하기 위해서는 갖고 있는 물건들이 주기적으로 사라져야 한다. 기업은 광고, 소비 금융, 계획적 진부화를 동원하여 새로운 상품을 구매하도록 강제한다. '불만을 파는 상인(광고)', '복리의 테러(신용)'의 무차별적인 공세 앞에 소비자들은 힘 없이 무너진다.

계획적 진부화는 이 중에서도 파괴력이 가장 강하다. 광고와 대출이 거절 가능한 것임에 반해 제품의 기술적 결함 앞에서는 대부분의 소비자가 속수무책이기 때문이다. 계획적 진부화는 '성장 사회를 이끌어 가는 소비주의의 절대적 무기'인 것이다.

우리네 어머니들은 고쳐 쓰면 된다고 말하시며 한번 산 물건을 절대 쉽게 버리지 않았다. 이렇듯 네오필리아는 이윤논리에 의해 작위적으로 우리의 의식에 기입된 코드라고 해도 과언이 아니다. 저자의 어법을 빌리자면, "일회용 제품의 이데올로기에 의해 우리의 의식이 식민화된 결과"이기도 하다.

쇠퇴의 대량생산. 형용모순처럼 들릴 수 있지만, 현대 소비사회를 나타내는 데 가장 적확하며 동시에 뼈아픈 표현이다. 문제는 상품을 넘어 인간까지도 포함하는 일반화된 퇴락이 양산될 수 있다는 점이다. 일회용 제품처럼 인간도 소외되거나 사용 후 간편하게 해고되는 것이다. 진부화의 논리가 인간마저 진부화시킬 수 있다는 것에 경각심을 가져야 한다.

탈성장 이론가로 유명한 경제학자답게 저자는 계획적 진부화로 표상되는 낭비 사회에 대한 대응책으로 탈성장 혁명을 제안한다. 물론 이는 촛불을 사용하는 시대로 회귀하자거나 금욕주의적 고행을 실천하자는 말이 결코 아니다.

계획적 진부화가 아닌 계획적 재활용을 지향하고, 전환 마을과 에코 디자인에 관심을 두며, 세탁기와 같은 내구재의 공동사용과 비재생 자연 자원의 관리 등에 대하여 숙의를 해보자는 것이다.

현대사회에서 무소유가 현실적인 대처가 되기는 어렵지만, 법정 스님의 다음과 같은 지적은 경청할 만하다.

> 무엇인가를 갖는다는 것은 다른 한편 무엇인가에 얽매인다는 뜻이다. 필요에 따라 가졌던 것이 도리어 우리를 부자유하게 얽어맨다고 할 때 주객이 전도되어 우리는 가짐을 당하게 된다.
>
> ― 《무소유》 (법정, 1999)

조작된 네오필리아에 대한 '자발적 복종'을 거부하고 계획적 진부화의 민낯을 똑똑히 바라보는 태도. 이것이 '낭비 사회를 넘어서' 주체적인 소비자로 살아가는 최후의 보루가 될 것이다.

여성이 맡는 결혼식 사회와 주례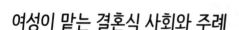

요즘 주위에서 결혼을 참 많이 한다.

얼마 전 친척 결혼식에서 본 한 장면. 그날 결혼식의 사회는 대개의 다른 결혼식과는 달리 신부의 (여성)친구가 맡았다.

생각해보면 별것도 아니었다. 결혼식 사회를 여성이 보든, 남성이 보든 무슨 상관인가. 그런데도 그날 적잖은 사람들이 여성이 사회를 보는 것이 '특이하다'고 말했다. 그나마 다행인 건, 그 장면을 부정적으로 말하는 사람이 없었다는 것.('다행'이라고 표현하는 게 어불성설이긴 하다.)

사실 특이하다고까지 표현할 일도 아닌데, 아직까지는 대다수의 사람들에게 결혼식 사회는 신랑의 (남성) 친구가 담당하는 걸로 인식되어 있다 보니 약간의 웅성거림이 있었던 것 같다.

그날 사회자는 명료한 발음과 유려한 말솜씨로 결혼식의 격을 한 단계 올려주었다. 아나운서인가 하는 생각이 들 정도.

그날 밤을 먹으며 문득 든 생각이 있다. 결혼식에서 주례를 맡은 여성을 본 적이 있었나? 유능하고 존경받는 여성이 넘치는 세상에서, 왜 필자는 결혼식에서 여성 리더가 전달하는 주례사를 들어본 적이 없었을까. 유독 필자만 희한하게 여성 주례가 주관하는 결혼식에 참여할 기회가 없었던 것일까? 그보다는 주례를 부탁하는 대상이 남성에 편중되어 있다는 것이 더 사실에 가까워 보인다.

"거참, 이제는 하다하다 결혼식 주례랑 사회자의 성비까지 문제 삼아?"할 사람이 있을지 모르겠다.

물론 안다. 이것을 문제 삼기에는 우리 사회에는 더 심각한 문제가 많다는 것을.

다만 공직이나 기업의 고위직 외에도 이렇듯 일상의 작

은 역할 하나하나에도 알게 모르게 우리의 편견이 녹아들어 있다는 것을 말하고 싶을 뿐. 좀 더 다양한 모습의 결혼식이 많아졌으면 좋겠다. **또 불필요한 웅성거림이 더는 들리지 않기를.**

사용기한이 지난 약을 버리는 기쁨

급체를 한 밤이었다. 딱히 잘못 먹은 게 없는 듯한데, 이상하리만치 소화가 잘 안 되었다. 요즘은 편의점에서도 파는 게 상비약이라지만, 그래도 밤 11시에 다시 옷을 입고 편의점에 가는 건 귀찮은 일이었다.

이런 상황을 대비해 우리 집에는 소화제, 종합감기약, 해열제 등이 구비되어 있다. 다양한 제약사의 로고가 박힌 네모난 갑의 약들. 약 케이스에는 대표적인 증상 몇 가지가 눈에 잘 들어오게 크게 표기되어 있다.

콧물, 코 막힘, 재채기, 알레르기성 비염. 아, 이건 콧물

약이네. 기침, 가래, 진해거담. 이것도 아닌데. 각종 염증, 화농증, 다래끼. 이런 약도 있었나? 소화불량, 과식, 식체. 이거다!

약을 먹기 전인데도 네모난 약 케이스들을 보면 괜히 안심이 된다. 먹고 한숨 자면 괜찮아지겠지, 하는 든든한 믿음 혹은 그래 왔던 기억 때문.

자, 이제 약을 먹어 볼까나. 필자가 찾아낸 소화제를 입 안에 털어 넣기 전, 작은 글씨의 '사용기한'이 눈에 들어왔다. 오호통재라! 날짜가 지났다.

어디서 듣기에는 날짜 좀 지나도 괜찮다고 했는데, 라고 뇌까리고 있을 때 어머니가 거실로 나오셨다.

작년 날짜가 적힌 것이니 먹지 말고 편의점에서 하나 사 오는 게 좋겠다며 다행이라는 말을 덧붙이셨다.

야밤에 편의점에 가야 하는 아들을 두고 다행이라니, 이럴 수가!

어머니는 이어 "약 사고 난 후에 아프지 않아서 약을 안 먹게 되는 게 결국은 제일 좋은 거지. 아주 비싼 약도 아니고. 이번 약도 오늘 먹고 또 몇 년 간 네가 찾을 일이 없었으면 좋겠다"라고 하셨다.

삼전 원이 채 안 되는 가격의 상비약들. 집에서 지근거리에 있는 편의점에 가는 걸 귀찮아했던 아들, 그리고 아들이 오랫동안 약을 찾지 않고 버리게 되는 게 외려 기쁜 어머니. 역시 어머니 따라가려면 멀었다.

나뿐 아니라 우리 어머니도 상비약을 급히 찾게 되는 일 없이 항상 건강하시기를, 다음에도 유쾌하게 약을 버릴 수 있게 되기를. 지금 우리 집의 상비약 박스에는 쓰레기통으로 가게 될 날을 기다리는 약들이 켜켜이 포개져 있다.

앞으로 제 역할을 다 수행하지 않게 되길 고대하며.

베이징의 꼬마 청소부는
희망의 출처가 되었을까

십년 전 중국 베이징으로 여행을 갔었다. 중국어를 배우고 '근거 없는 자신감'이 마구 치솟아서 신나게 이곳저곳을 홀로 돌아다니며, 중국인들과 여러 주제로 대화를 나누었다.

지하철 노선도 하나에 의지해 종횡하던 중 베이징의 놀이공원이 문득 궁금해졌다. 표를 사고 구석구석을 둘러보다가 가슴이 먹먹해지는 한 장면이 내 눈에 들어왔다. 매점 앞에서 아주 작은 체구의 아이가 청소를 하고 있었던 것이다.

당시만 해도 중국에서 정치학을 공부해 학자가 되는 게 꿈이었던 나는 그 잔인하면서도 슬픈 장면을 내 카메라에 담았다. 담아야 한다는 치기 어린 사명감을 느꼈던 것 같기도 하다. 중국의 빈부격차를 고작 지니계수로 배웠던 내게 그 장면이 주는 충격파는 컸다.

　아직 '노동'이라는 단어와는 거리가 멀어야 마땅한 이 아이는 파란색 바지를 입고 축 처진 어깨로 바닥을 쓸고 있었다. '꼬마 청소부'였던 그 친구의 얼굴에는 어린아이 특유의 무구함이 아닌 노동자의 피로함이 진하게 배어있었다.

　이와는 대조적으로 또래 정도로 보이는 다른 아이는 부모님이 사준 아이스크림을 옆에서 맛있게 먹고 있었다. 속상했다. 나는 햄버거 세트를 두 개 사서 아이에게 같이 먹자고 했다. 꼬마는 고작 열 살이었다. 청소구역을 물어보고 같이 걸었다. 날씨가 더워서 음료수를 나눠 마시며 대화를 나누었던 기억이 난다. 작은 호의에도 크게 고마워했던 그 꼬마의 얼굴을 오랜만에 떠올려본다.

　벌써 십여 년이 지났으니 이제는 성인이 됐을 그 친구.

어릴 적 손에 못 쥐었던 연필로 근사한 미래의 계획을 하나씩 적으며, '희망의 출처'가 되기를 진심으로 희원希願 한다.

여성의 지위, 나아졌다 한들
기저효과로 인한 착시현상이 아닐까

매드 클라운의 노래 〈커피카피아가씨〉 속 '김커피'는 어떤 책의 한 사람을 떠올리게 한다. 그녀의 이름은 김지영.

김지영 씨는 면접을 보러 가기 위해 택시를 탄다. 그랬더니 할아버지 기사님이 던지는 말이 가관이다. "나 원래 첫 손님으로 여자 안태우는데, 딱 보니깐 면접 가는 거 같아서 태워 준 거야."

우여곡절 끝에 회사에 들어가도 위의 택시 기사처럼 무례한 언사를 내뱉는 사람을 적잖이 마주해야 하고, 여성으로서 느끼는 부당함에 대해 어느 정도로 항의를 해야 할지 가늠조차 되지 않는 상황도 심심찮게 접하게 된다.

회사에는 '유능한 직원'이 필요한 것이 마땅한데, '예쁨 받는 여직원' 따위를 요구하고 있는 우리사회의 사고수준은 지극히 후진적이다. 여성들은 한 번도 원한 적 없는 그 유치한 타이틀을 아직도 암묵적으로 강요하고 있지 않은지 되돌아봐야 한다.

홍보대행사에 다니는 김지영 씨는 한 중견기업 홍보부와 회식을 하게 된다. 그 자리에서 홍보부장은 외모에 대한 칭찬과 충고를 늘어놓고, 남자 친구가 있는지 물으며 원래 골키퍼가 있어야 골 넣을 맛이 난다는 저열한 농을 지껄인다. 한 번도 안 해본 여자는 있어도 한 번만 해 본 여자는 없다는 망발까지 내뱉으며 계속 술을 강권한다.

그 부장은 갑자기 자리에서 먼저 일어서며 말한다. "내 딸이 요 앞 대학에 다니거든. 지금 도서관에서 공부하고 있는데 이제 집에 간다고 무서우니까 데리러 오라네."

성희롱을 일삼던 그도 한편으로는 딸 바보 아버지였다. 원래 좋은 사람이었을까?

하지만 마지막으로 그가 남긴 말은…

"미안한데 나는 먼저 갈 테니까, 김지영 씨, 이거 다 마서야 된다!"

이 덜떨어진 아저씨는 자기 딸도 '요 앞 대학' 졸업 후 김지영이 될 수 있다는 생각을 못하나 보다.

열정적으로 일하며 커리어를 계속 쌓고자 했던 김지영 씨.

하지만 출산이 다가오자 퇴사를 결정하게 된다.

"아이를 남의 손에 맡기고 일하는 게 아이를 사랑하지 않아서가 아니듯, 일을 그만두고 아이를 키우는 것도 일에 열정이 없어서가 아니다."

일에 대한 열정이 부족해서 육아와 살림을 전담하고 있는 게 아닌 김지영 씨.

어느 날 벤치에 앉아 1500원짜리 커피를 마시며 오랜만의 여유를 잠깐이나마 느끼고 있던 와중에 김지영 씨를 흘끔 보는 무리들의 대화를 듣게 된다.

"나도 남편이 벌어다 주는 돈으로 커피나 마시면서 돌아다니고 싶다"

"맘충 팔자가 상팔자야"

소설이지만 그나마 다행이라 생각했던 게 하나 있다. 김지영 씨의 딸 지원이는 유모차에 잠들어 있어서 '맘충'

이라는 극언을 못 들었기 때문.

〈커피카피아가씨〉를 듣고,《82년생 김지영》(조남주, 2016)을 읽으며 어머니와 필자의 아내가 떠올랐다. 어머니 때보다 82년생 김지영 씨의 상황은 나아졌는가, 김지영 씨보다 나의 와이프는 더욱 행복한 사회에서 살고 있는가 자문해보았다. 나아졌다 한들 기저효과로 인한 착시현상이 아닐까.

상대적 강자였던 남성으로서 필자 주위의 김지영들에 대하여 너무도 몰랐다는 자책에 고개를 들기가 어렵다.

92년생, 02년생 12년생 김지영들은 앞으로 '맘충' 따위의 소리를 듣지 않는 정상적인 세상에서 살아가기를 바란다.

그리고 미안합니다.

김지영을 안아달라고 했던 정치인,
그가 우리에게 남긴 과제

2017년에 읽었던 그 책을 다시 편다. 조남주 작가의 《82년생 김지영》(조남주, 2016)이다.

이년 가까이 지난 지금 맘충 따위의 소리를 듣지 않는 정상적인 세상이 도래했는지 자문해보니 긍정적인 답을 내놓을 자신이 없다. 동시에 그런 '정상적인 세상'을 만들어가는 데 혼신의 힘을 다했던 한 인물이 뇌리를 스친다. 그는 대통령에게 이런 짧은 글을 남긴 적이 있다.

존경하는

문재인 대통령님께

82년생 김지영을

안아주십시오.

　문재인 대통령에게 《82년생 김지영》을 선물하며 82년생 김지영을 안아달라고 부탁했던 사람, 고故 노회찬 정의당 원내대표다. 아직도 그의 이름 앞에 저 으스스한 한자를 붙여야 하는 것을 받아들이기 힘들다.

　대통령과 여야 5당 원내대표가 청와대에서 오찬회동을 갖는 엄숙한 자리에서 소설책을 대통령에게 선물한 사람, 많고 많은 책 중에서도 《82년생 김지영》을 선택한 사람, 그는 정말 흔치 않은 정치인이었다.

　정치인이 대통령에게 책을 선물한다는 것은 그 자체로 정치적인 행위다. 진보정치의 아이콘으로서 약간 젠체하며 북유럽 복지제도에 대한 책을 추천할 수도 있었을 것이고, 고전을 택할 수도, 경제 관련 서적을 권할 수도 있었을 것이다. 하지만 그는 소설책 《82년생 김지영》을 골랐다. 우린 그런 감수성을 지닌 정치인을 잃었다.

　그가 속한 정당의 강령, 그가 말하는 정견에 동의하지

않은 부분이 매우 많았음에도 그를 좋아했던 것은 그가 가진 이런 감수성이 좋았기 때문이다.

그는 3월 8일 세계 여성의 날에 동료 여성 국회의원들에게 장미꽃을 선물하기도 했던 로맨티스트였다. 가령, 2011년 그가 장미꽃을 보낸 정치인을 보면 박근혜(당시 한나라당 의원), 이정희(당시 민주노동당 의원), 박선영(당시 자유선진당 의원) 등 당파와 이념을 초월하였다. 팔년 전 그는 이들에게 보낸 편지에서 다음과 같은 말을 했다.

3월 8일을 명절처럼 보내는 세계 각국의 관례대로 축하와 반성과 다짐의 마음을 담아 장미꽃 한 송이를 보낸다.

다른 나라들처럼 3월 8일 무렵엔 꽃값이 세배나 오르는 상황이 어서 오길 기원한다. 발렌타인데이만이 아니라 세계여성의 날의 의미도 잘 아는 젊은이들이 늘어나도록 노력하겠다.

여성 기자들 자리에 장미꽃과 편지를 고이 놓아 두던 그의 말을 더 들어보자.

권력의 힘으로 강제된 성적 억압과 착취가 침묵과 굴종의 세월을 헤치고 터져 나오는 현실을 보며 정치인으로서, 한 여성의 아들이자 또 다른 여성의 동반자로서 부끄러운 마음을 감추기 어렵습니다.

여성 국회의원, 여성 기자 등 소위 힘이 있는 대상만 챙겼으면 그답지 않다. 국회 청소노동자, 정의당 여성 당직자 및 보좌진들도 그에게 장미꽃을 받았다. 그는 그런 사람이었다. 유쾌하면서도 따뜻했던 정치인, 일상에서 말과 행동으로 보여준 실천적 페미니스트.

그를 보내고, 그가 대통령에게 보낸 메시지를 다시 더 들어본다. 우리 사회는 '김지영'을 온전히 이해하고 있는가? 그가 떠난 뒤, 그의 정치적 과업을 잇겠다는 이들이 적잖이 나오고 있다. 선거제도 개혁과 같은 거시적인 담론도 물론 중요하지만, 우리 주위에 있는 '김지영들'에게도 시선을 돌릴 수 있는 정치인이 더 늘었으면 한다.

그가 보고 싶다. 진보정당의 성장에 아무런 기여도 하지 못한 필자가 그를 보고 싶어 해도 되는지, 그런 자격이 있는지 잘 모르겠지만 그의 음성이 너무도 그립다. 너무 무더운 날씨에 떠난 그가 이곳보다는 조금 더 선선하

곳에서 편히 쉬길 바란다. 남아 있는 우리들 앞에는 '김지영'의 목소리에 귀를 열어야 할 과제가 놓여 있다.

엄마, 세상에서 우리에게
바라는 게 가장 적은 존재

이설아의 노래를 처음 들었던 것은 2014년이었다. 정확하게는 기억나지는 않지만, 가을보다는 겨울에 가까웠던 어느 날이었다.

당시 소녀 같은 앳된 외모를 가지고 덤덤히 부르던 〈엄마로 산다는 것은〉의 울림은 생각보다 훨씬 깊었다.

퍽이나 자주 피곤하다며 퉁명부리곤 했던 못난 아들이라서 그런지, 노래 속 어머니처럼 늦은 시간에도 아들의 식사 여부를 물으시던 어머니가 생각나서 그런지 이 노래를 들으면서 창피하게도 자꾸 고개가 숙여지곤 했다.

제목도 참 좋다. '어머니로 산다는 것은'이 아니라 '엄마로 산다는 것은'이었기 때문. 이설아의 나이를 정확히 알지 못하지만, 확실한 건 그녀에게는 '어머니'보다는 '엄마'라는 호칭이 더 자연스러워 보였다.

그리고 필자를 포함한 주위의 많은 철부지 친구들도 엄마라는 호칭을 훨씬 더 자주 쓰곤 한다. 다른 어른들 앞에서 3인칭으로 어머니를 가리킬 때나, 회사에서 전화를 할 때, 아니면 문어체로 표현을 할 때 정도를 제외하고는 늘 '엄마'이다.

특히, 발화의 언어로서는 '어머니'의 사용 횟수는 인생을 통틀어 몇 번 안 될 듯하다. 문장은 분명히 존댓말로 끝나는데, 호칭은 '엄마'로 시작하는 이 재미난 문법 현상은 사실 꽤나 많은 이들이 공유하고 있을 것이다. 가령, "엄마, 저 오늘 좀 늦어요."

짜증내며 문 닫고 자기 방에 들어가 버리는 놈이 뭐가 예쁘다고 과일이나 쿠키를 가져다주시는지, 엄마라는 존재는 참으로 신비롭다.

이 노래를 들으면서 필자는 서석화 시인의 글이 한 편 떠올랐다. 서석화 시인을 비롯해 박완서, 안도현, 김용택

등 작가 20명의 성찰을 담은 《반성》이라는 책에 수록된 〈어머니의 문안 전화〉라는 글이다.

오전 10시만 되면 작가의 어머니는 딸에게 전화를 건다. 딸의 목소리, 건강, 기분 등을 체크하고 딸과 짧게나마 대화를 나누고 싶어서 매일 거는 어머니의 전화를 작가는 '문안 전화'라고 역설적으로 표현한다.

> 언제나 그렇지만 어머니의 아침 전화를 받을 때면 발신자와 수신자가 바뀐 것 같은 송구함에 마음이 쓰리다.
> ─〈어머니의 문안 전화〉 (서석화, 2010)

이설아의 노래에서도 늦게 들어온 자식에게 밥을 먹었는지를 묻는 건 어머니다. 우리가 먼저 어머니께 여쭤봐야 마땅한데 말이다.

서석화 시인은 어머니의 병세가 악화되었다는 소식을 듣고 안동으로 급히 내려간다. 병원에서 어머니의 핸드폰을 열어본 그녀는 그 자리에서 와르르 주저앉는다.

무심코 통화버튼을 눌렀는데 온통 자신의 이름뿐인 통화내역을 보았기 때문이다. 다양한 사람의 이름으로 수

신자, 발신자가 뒤엉켜 혼재되어 있는 자신의 핸드폰과 달리 어머니의 핸드폰은 열흘 전에도, 그 전에도 딸의 이름으로만 발신되었던 것이다.

'어머니의 가난한 시간'이라는 시인의 표현이 가슴을 세게 때린다.

이설아는 2013년 제24회 유재하 음악경연대회에서 최연소로 금상을 수상한 이력을 가지고 있다.

〈엄마로 산다는 것은〉을 끝까지 듣다 보면, 요즘 많이 들을 수 있는 그 흔한 고음 한번 듣기 힘들다. 화려한 기교, 애드리브 등도 일절 없다.

그런데도 잔잔한 건반 연주와 그녀의 청아한 목소리에 몰입이 되고, 가사의 단어 하나하나에 감동을 받게 된다. 이런 그녀만의 전달력과 진정성으로 어린 나이에도 불구하고 큰 상을 받지 않았을까 조심스레 추측을 해본다.

이 노래가 전파를 탈 때 가장 다행스러웠던 것은 필자 옆에 엄마가 앉아 있지 않았다는 것이다. 같이 들으면 괜히 쑥스러우니까.

이 노래는 자식이 아프지만 않으면 된다는 어머니의 바

람으로 끝이 난다. 아마 세상에서 우리에게 바라는 게 가장 적은 존재가 엄마일 거다.

학교에서, 회사에서, 사회에서, 다양한 인간관계망 속에서 얼마나 우리에게 요구하는 게 많은가. 그런데, 아프지만 않으면 됐다고 하는 우리 어머니들.

〈딸로 산다는 것은〉, 〈아들로 산다는 것은〉과 같은 노래가 있기나 할까? 있다고 해도 이설아의 노래만큼 진한 감동을 만들어낼 수 있을까?

조금 더 사랑하는 사람이 말을 많이 한다는 글을 본 적이 있다. 더 많이 사랑하는 사람이 궁금한 게 많다는 말도 들은 적이 있다. 더 애틋한 사람이 걱정도 많다는 것도 알고 있다. 어머니와 통화를 하다 보면 늙고 병든 어머니가 말도 더 많이 하시고 궁금한 것도 더 많으시며 내 걱정도 더 많이 하신다. 나는 그저 예, 예, 하다가 기껏 통화를 마무리하기 위해 한다는 말이 건강 조심하시라는 뜬구름 같은 소리만 할 뿐이다.

ㅡ〈어머니의 문안 전화〉 (서석화, 2010)

우리 어머니(혹은 우리 엄마)에게 오늘만은 먼저 전화를 걸어보면 어떨까? 문안 전화는 원래 자식이 하는 거니까.

끝없이 증속하는 세상에서
잃어버린 하늘을 되찾는 법

느림이 죄악시되는 사회다. 천천히 걸으면 혹시나 도태될까 우려하곤 한다. 끝없이 증속增速 하기만 하는 빠르디 빠른 세상에서 우리는 심적으로나 육체적으로나 질주하는 데에만 혈안이 되어 있다.

우리는 빠름을 상찬하는 이 부박한 사회에 최소한의 여유마저 헌납해버린다. 잠깐의 느긋함도 사치라고 생각하고, 느림을 개인의 성정(가령, 게으름)과 연결 짓기도 한다. 이런 상황에서 하늘을 찬찬히 올려다보는 시간을 가져보기란 쉽지가 않다.

> 속도에 익숙한 몸에 가장 큰 고문은 '기다림'. 한국 엘리
> 베이터의 '닫힘' 버튼은 심하게 마모되어 있다.
>
> ─《호모 코레아니쿠스》(진중권, 2007)

오랜 독일 유학생활을 마치고 한국에 돌아온 미학자 진중권 교수. 독일의 시간과 속도에 익숙해져 있던 그는 귀국 후 얼마간은 한국사회의 '속도전'에 적응을 못한다. 지하철 표를 사기 위해 창구까지 일 미터를 접근하는 그 찰나에 뒷사람들이 그를 가볍게 제친 후 재빠르게 손을 경쟁하듯 창구에 집어넣는다.

버스에 대한 이야기도 꺼낸다. 급출발과 급정거가 특징인 빠르디 빠른 한국의 버스. 사실 버스만이 아니라 우리 사회의 제도, 문화, 정책 등도 늘 급출발, 급정거. 모두가 그놈의 '빨리빨리'만 외치면서 생긴 결과일 것이다.

> 한국의 버스는 인간을 고려하지 않는다. 거꾸로 인간이
> 버스의 편의를 배려한다. 빨리 달리고 싶어 하는 버스를 위
> 해 인간의 몸은 신속히 승차하고, 신속히 하차해야 한다.
> 조금이라도 지체할 경우 운전석에 앉은 인격화한 버스에게
> 종종 욕을 들어 먹는다.
>
> ─《호모 코레아니쿠스》(진중권, 2007)

인격화한 버스에게 욕을 들어 먹는다는 표현을 딱히 반박할 수 없어 씁쓸한 감정은 느끼던 와중에, 뒤이은 그의 문장이 비수를 꽂는다. "이때 다른 승객들도 내심 버스 편이다."

덴마크는 여러 조사, 각종 보고서에서 행복지수 최상위를 차지하고 있는 나라다. 덴마크의 '행복 여행가' 말레네 뤼달은 어린 시절부터 '나쁘지 않아', '충분히 좋아', '잘 될 거야' 등과 같은 표현을 많이 들었다고 한다. 이는 현실에 안주하는 것과는 분명 다르다.

> 현실주의란 앞으로 나아가는 것을 즐기면서 길 위의 장
> 애물을 인정하고 받아들일 줄 아는 태도를 말한다.
> ─《덴마크 사람들 처럼》(말레네 뤼달, 강현주, 2015)

이런 식의 '현실주의'를 우리도 일정 부분 받아들일 필요가 있어 보인다. 지금도 '충분히 좋아'라고 말할 수 있는 여유가 생길 때, 우리의 신체와 정신을 사방에서 사로잡는 가속도 경쟁의 강도를 조금씩 완화할 수 있을 것이다.

서구 사회의 느림은 게으름도 아니고, 비효율도 아니고, 경쟁의 배제도 아니고, 역동성의 결여도 아니다. 그저 속도의 다른 차원일 뿐이다. 그리고 삶은 전쟁이 아니다.

— 《호모 코레아니쿠스》 (진중권, 2007)

한국의 '빨리빨리' 문화가 우리의 경제발전에 긍정적인 영향을 미친 측면도 분명 있다. 하지만 모든 것을 계량 가능한 수치로, 속도로 표현하는 양적 경쟁에만 매달리는 것은 곤란하다. 진 교수의 말마따나, 삶은 전쟁이 아니다.

그렇다고 이 글에서 무작정 느림을 예찬할 생각도 전혀 갖고 있지 않다. 다만 여유롭게 듣는 어떤 노래가사가 낯설어질 정도로 속도전에 매몰되면 안 된다는 것을 말하고 싶을 뿐이다.

바쁘기만 한 내 걸음에 휴식시간을 주자. 길거리에서 처음 대면하는 사람들과도 꼭 누가 누가 빨리 걷는지 겨루는 양 벌이는 무의미한 수고는 이제 좀 덜었으면 좋겠다. 천천히 걸으며, 잃어버린 하늘을 빤히 올려다보는 충일한 시간을 스스로에게 허락하기 바란다.

투스타 장군님과 하이파이브를

— "당신은 웃을 때 가장 아름답다"

군 복무 시절 나는 아침에 자주 장군님과 하이파이브를 했다. 그것도 크게 웃으면서, 방방 뛰면서 말이다. 그 누구도 재하자와 상관이 연출하는 이 기가 막힌 장면에 대해 비난하지 않았다. 오히려 같이 손뼉을 치며 홍연대소哄然大笑 했다. 투스타 장군부터 병사까지, 계급과 남녀노소를 초월하여 서로 크게 웃고 손바닥을 마주치는 이 홍겨운 모습은 '웃음체조'가 있기에 가능했다. 웃음체조란 큰 웃음과 손뼉 치기로 아침을 맞이하는 우리 부대의 독특한 일조행사였다.

엄혹했던 훈련소에서의 장도를 마치고, 신병생활을 시작하게 된 나는 이 웃음체조가 처음에는 여간 어색한 게 아니었다. 모든 게 생경하기만 한 자대에서 새로운 사람들을 알아가고 낯선 업무에 적응하느라 분망히 지내는 내게 웃음은 사치였고, 잦은 실수와 미거함으로 신산을 맛보고 있던 이등병에게 웃음은 어울리지 않는다고 생각했다.

그러다 업무와 생활에 점점 적응을 하기 시작했고, "낙천은 사람을 성공으로 이끄는 신앙이다"라는 평소 좋아했던 헬렌 켈러의 언설을 떠올리며 긍정적인 자세와 태도를 스스로에게 주문했다.

이런 사고의 전환 후에 웃음 체조는 내게 즐겁고 유의미한 시간이 되었다. 군 생활에서 소소하게 발생하는 불쾌한 감정들을 일소一笑에 날려버리고, 아침에 찌뿌드드한 몸과 마음을 홍소哄笑로 치유했다.

칼 조세프 쿠셀은 웃음에 대해 이렇게 말한 적이 있다. "웃음은 마음의 치료제일 뿐만 아니라 몸의 미용제이다. 당신은 웃을 때 가장 아름답다."

국방의 임무에 매진하는 군인을 위시하여, 각박하기 그지없는 작금의 사회에서 바쁘게 살아가는 모든 현대인들에게 절실히 필요한 선물은 마음의 치료제요, 몸의 미용제일 것이다.

행복하기에 웃는 게 아니라 웃기에 행복하다는 미국의 심리학자 윌리엄 제임스의 생각처럼 웃음은 행복의 전제조건이라 해도 과언이 아니다. 실로, 웃음의 미학이 아닐 수 없다.

일소일소일노일로 笑一少一怒一老 라 했다. 한 번 웃으면 한 번 젊어지고, 한 번 노하면 한 번 늙는다.

최근 뜨거운 관심거리인 동안 열풍도 유쾌한 웃음이 그 해법이 아닐까? 웃음 체조로 점점 젊어지셨던 장군님과의 큰 웃음 섞인 하이파이브가 유달리 생각나는 날이다. 이 글을 읽고 있는 당신도 크게 웃어보기를 권유한다.

"당신은 웃을 때 가장 아름답다."

링겔만 효과, 박애정신으로 뭉친
고학번 선배들의 애환

대학생 시절을 한번 떠올려보자. 사실 회사생활에도 진배없이 적용되는 이야기일 테지만, 이왕이면 조금 더 훈훈한 기억을 소환하고 싶다.

대학 수업 때 조별 과제를 참 많이 하게 되지 않은가. 팀 프로젝트의 경험이 일천한 대다수의 신입생들은 조원의 수가 많은 곳에 참여하기를 강렬히 원한다.

아무래도 업무를 분담하기도 좋고, 내게 할당되는 일의 분량이 그만큼 적어진다고 판단하는 것. 자연히 업무 처리속도도 더 빠를 것 같고, 그러다 보면 우리 조의 프로젝트는 성공적일 것이리라 생각 혹은 희망을 하게 된다. 성적을 잘 받는 것은 덤이고.

아울러 다수의 품 안에 들어가 있을 때의 그 아늑함, 책임의 분산(1/n)이 주는 평온함은 이런 욕망(?)을 더욱 부채질하곤 한다.

하지만 실상은 어떤가? 대개 발표 노하우가 많은 고학번 선배들이 일을 많이 맡는다. 꼭 고학번이 아니더라도 박애정신으로 똘똘 뭉친 사해동포주의자들 몇 명에게 일이 집중되곤 한다.

그러다 보니 조원이 여섯 명이라고 해서 세 명인 조보다 더 우수한 결과물을 만들어낸다는 보장이 없다. 외려 소수의 희생과 다수의 방관 속에서 일이 지체되거나, 심지어 구성원 간 갈등이 야기되기도 한다.

링겔만은 줄다리기 실험을 통해 이러한 '사회적 태만'을 꼬집은 바 있다. 줄다리기에 참여하는 사람의 수가 증가하면 그만큼 힘의 총합 또한 증가하는 것이 당연할 텐데, 실험 결과는 이런 상식을 정면으로 배반했다.

사람 수의 증가와 힘의 총합이 비례하기는커녕 총인원의 수에도 못 미치는 힘의 크기가 측정된 것이다. 누군가는 집단이라는 이름 뒤에 숨어 힘을 덜 썼다는 의미다.

링겔만 효과란 사람이 많을수록 개인의 공헌도는 오히려 떨어지는 이런 현상을 일컫는 말이다.

기업이나 정부조직은 물론이고 동아리나 조별 프로젝트 등 우리 일상생활의 여러 활동영역에도 적잖은 고민을 던져주는 개념이다. 법의 테두리 바깥에서 암약하는 마약조직이나 폭력조직 등에 종사(?)하는 관계자들도 링겔만 효과에 대하여 심사숙려해볼 필요가 있을 것이다. 이왕이면 하루빨리 개과천선하는 게 좋고.

링겔만 효과가 아닌 '시너지 효과'를 내기 위해 우리는 각자 속한 팀 또는 조직에서 최선을 다해야겠다.

지금 이 시간에도 각종 그룹 프로젝트에서 고결한 자기희생과 이타적 헌신으로 남들보다 갑절의 노력을 경주하는 이들에게 이 짧은 글을 바친다.

서로 다른 첫 출근을 이해하는 사회

'연휴 이후 첫 출근', '새해 첫 출근' 등과 같은 표현을 자주 하곤 한다. 언론에서도 사진기사 제목으로 왕왕 쓰기도 한다.

딱히 큰 문제가 없어 보이는 이런 표현은 연휴에도 출근을 하는 사람들이 적지 않은 현실을 놓치고 있다. 우리가 연휴 기간에 휴식을 취하고, 쇼핑과 외식을 즐기고, 영화를 볼 수 있는 것은 그 기간 노동을 하고 있는 누군가가 있다는 것을 의미한다.

유통업계, 엔터테인먼트 및 관광업계는 '빨간 날'이 대목이라 이런 업계에 종사하는 직원들은 남들 쉴 때 못 쉬는 경우가 허다하다.

당신이 즐겁게 여유를 만끽하는 것에는 이들의 주말, 휴일 근무가 숨어 있다. 물론 이들 역시 대신 평일에 2일을 쉬거나, 다른 주에 몰아쉬는 방식 등을 이용해 나름의 휴식을 취한다.

'1월 2일 새해 첫 출근'과 같은 표현 역시 마찬가지다. 1월 1일에도 어둠을 밝히는 누군가가 있고, 고객을 응대하는 누군가가 있다. 이들에게 '새해 첫 출근'은 1월 2일이 아니라 1월 1일이다.

대다수의 사람들이 쉬는 날이니, 일상에서든 혹은 언론에서 빨간 날이 지난 어떤 날을 '첫 출근'이라고 표현할 수 있다고 본다. 다만, 누군가는 나보다 하루 혹은 며칠 앞서 '첫 출근'을 했음을 기억해주는 사회, 내 휴식 말고 타인의 휴식에도 한 번쯤 관심을 가져보는 사회에서 '첫발'을 내딛고 싶다.

모든 이의 첫 출근을 응원한다.

당신이 쓴 글은 사라지지 않는다

한참 어린 후배가 전화를 걸어왔다. 이번에도 그놈의 문학 공모전에 떨어졌다는 것.

그의 글을 자주 읽어보는 한 명의 독자로서 나 역시 받아들이기 힘든 결과였다. 무던히도 노력했던 그의 지난 시간을 알기에.

심사위원이 야속하기도 했다.

글감도 다르고 장르도 다르지만 공히 글 쓰는 것을 좋아한다는 이유로 맺어진 그와의 인연.

맥주와 마른안주를 사이에 두고 마주 앉아 이야기를 나

누었다.

술에 조금 취해 그날의 대화가 정확히 기억나지 않지만, 그에 따르면 지금까지 써온 글들이 사라지는 것이 아니라는 맥락의 말을 내가 지껄였다고 한다. 그는 그날 술자리에 흩뿌려진 나의 말을 굳이 정리까지 해서 메시지를 보내왔다.

몽롱한 상태에서 '발화한 것'을 텍스트로 마주하니 참을 수 없는 민망함에 얼굴이 빨개져 쥐구멍에 숨고 싶었다. 한데 그가 정말 힘이 됐다고 고맙다는 말을 덧붙이길래, 쥐구멍을 탐색하던 기민한 움직임은 일단 멈출 수 있었다. 그래도 민망함은 지속됐다.

그 후배와 같은 상황에 놓인 친구들이 있다면, 그날 선배랍시고 건넸던 말의 일부를 들려주고자 한다. 힘이 됐다는 후배 놈의 말을 믿고 용기를 내본다.

당신이 밤새 써 내려간 시와 소설은 사라지지 않는다.

당신이 만들어낸 A 소설의 주인공과 B 소설의 조연이 대화를 하게 될 거다.

새로운 이야기가 이어지는 것이다.

완전히 다른 느낌의 이채로운 작품이 또 탄생할 거라
믿는다.

우리 모두 장강명 작가처럼 상을 많이 탈 수 없고, 그럴
필요도 없다.

때로는 김동식 작가처럼 '발견'되기도 하지 않는가.

같이 쓰고 또 쓰자.

당신의 작품은 살아 움직이고 있다.

빵점짜리 엄마는 없다

— 자책에 방점이 찍힌 이 못된 표현의 부당함을 자각해야

전년도 동기간과 비교한 매출 실적이 가득한 파워포인트, 복잡한 수식으로 구성된 엑셀 파일, 본 자료보다 수 배나 더 많은 양의 첨부자료가 그녀의 손에서 나왔다. 마술사에 가까운 능력이다. 그녀는 워킹맘이다. 워킹맘은 마술사가 아닌데, 현실에서는 마법을 부려야 살아남는다.

팀 내에서 누구보다 발표력과 기획력이 뛰어난 그녀.

대학에서 두 개의 전공을 만점에 가깝게 이수하고, 회사

에 들어와 앞만 보며 달리며 눈부신 능력을 보여주었다.

한데 그녀가 지금 업무에 온전히 집중을 못하고 있다.

엄마와 떨어지지 않으려고 트렌치코트 옷자락을 끝까지 놓지 않았던 네 살배기 딸아이의 손. 가슴을 더욱 아프게 만드는 그 특유의 그렁그렁한 눈망울. 기계가 아닌이상 이 상황에서 집중하지 못하는 건 당연하다.

똑똑한 그녀는 이럴 때 마음을 다잡는다며 스스로 독해지고자 몸부림친다.

우리 사회는 이런 기형적인 장면을 치열하다고 상찬하곤 한다. 근데, 그만 독해져도 된다.

일을 태만히 해도 된다는 게 아니다.

아이 때문에 걱정이 되어 신경이 쓰이고, 마음이 복잡한 자신을 정도 이상으로 탓하고 구석으로 몰아세우지 말라는 것이다.

다 잘하려고 하지 않았으면 좋겠다. 또 다 잘할 수도 없다.

우리 사회는 언제부터인가 워킹맘을 로봇으로 만드려고 하는 것 같다. 집단적인 광기다. 로봇이 되기 위해 그만 좀 노력하고, 또 로봇이 되라고 남한테 이래라저래라 강요하지도 말자.

'빵점짜리 엄마'라는 말은 정말 부당하고 못된 표현이다. 보통 어떤 영역에서 성공한 여성이 인터뷰 도중 이런 말을 적잖이 하곤 한다.

"일에서는 완벽했지만, 엄마로서는 빵점...." 따위의 클리셰. 여자, 엄마는 이항대립의 개념이 아니다. 하지만 둘 중 하나를 선택해야 하는 장면을 우리는 자주 목도하곤 한다.

근데 아무리 생각해도 '빵점'과 '엄마'는 형용모순이다. 문법적으로 틀리다는 거다. 엄마가 어떻게 빵점이 되나.

자신에게 물어봐라.

"울 엄마가 빵점인가?"

고개 끄덕이는 인간을 하나도 못 봤다.

빵점짜리 엄마란 없다.

물론 겸양의 표현인 것을, 엄마로서 부족하다는 것을 말하고 싶었다는 그 마음을 못 헤아리는 게 아니다. 하지만 문제는 이 이상한 어법이 언제부터인가 평범한 워킹맘들 입에서 너무도 빈번하게 나오고 있다는 것이다. 그것도 자책을 하며.

세상의 모든 엄마는 100점짜리 엄마다.

직장과 가정에서 고군분투하며 이 글을 읽고 있는 당신은 100점, 200점이 아깝지 않은 훌륭한 엄마다. 당신의 옷에 매달렸던 그 딸아이도 이를 곧 알게 되는 날이 올 것이고, 더 나아가서 또 당신을 존경하게 될 것이다.

이 세상에 빵점짜리 엄마는 없다.

진지충에 대한 변호

진지충.

분위기에 안 맞게 매사에 너무 진지한 태도나 표정으로 상대를 불편하게 만드는 사람을 비하하거나 약간의 유머를 섞어 풍자하기 위해 만들어진 단어다.

'충蟲'을 갖다 붙인 것을 보면 알 수 있듯이 '진지충'은 아무리 웃으면서 말해도 결과적으로는 공격적인 '멸칭'의 성격을 갖는다.

진지한 벌레라니. 진지함이 죄가 된 시대다.

이왕이면 즐거우면 좋다는 것, 동의한다. 즐거움이 미

덕이 되었다. '펀셉트'라는 신조어가 회자되고 있을 정도라고 하니. 재미에 콘셉트가 더해진 말이다. 얼마나 재미가 있어야 하는지, '꿀'과 '핵'과 같은 기괴한 접두어까지 동원된다.

문제는 진지충이라는 말을 쓰는 맥락이 참 고약하다는 것. 대개 자신이 정치를 잘 모르겠으니까, 역사는 어려우니까, 경제는 설명하기 난해하니까, 상대방의 진지한 이야기를 틀어막고 그 고민을 깎아내리기 위해 사용하곤 한다. 입을 막아버리는 것이다.

한데 휘발성 정보와 연성 기사가 넘치는 요즘, 진지충의 진지함은 그 어느 때보다 더 필요한 게 아닌가 싶다. 외려 진지충이 너무 적어 문제다. '진지충蟲' 말고 진지함이 충만한 '진지충充'의 건설적인 문제 제기가 절실하다.

그동안 세상을 바꾼 건 진지함이었다. 우리 사회가 한 발자국 더 진보하는 데 진지충의 역할이 작지 않았다. '진지충充'들이 앞장서 열변을 토할 때, 우리가 발 딛고 서 있는 이 사회가 조금 더 발전할 수 있었다. 물론 최근엔 유쾌함과 밝음으로 사회의 진보를 견인하는 사례가 늘고 있긴 한다. 다 의미 있는 장면이다. 그런데 양자택일할 필요 있는가? 두 가치 모두 소중하다.

유머를 곁들인 이들의 태도를 그저 가볍다고 폄훼해선 안 되듯이, 진지충의 이야기를 평가절해서는 안된다. 진지한, 그래서 다소 재미없기도 한 엄숙한 그대들이여 고개를 들라.

그대들에게 지금 필요한 건 몸에 맞지 않은 서푼짜리 유머가 아니라, 더욱 심도 있는 진지함이다.

'진지충虫'들의 목소리에 더 귀 기울여보자.

그런데 문득 약간 엉뚱한(사실은 좀 무서운)
생각이 스쳐 지나갔다. 이러다 사람도 빌리
고 빌려주게 되면 어쩌지, 하는 퍽 불온한
생각. 남자친구를 빌려주고, 부인을 빌리고,
할머니를 빌려주고, 손자를 빌리는, 이렇게
되면 빌려 주는 건 '사람'일까, 아니면 '관계'
일까.

3부

사회의 진실

헝가리 국회의사당의 비극

헝가리 국회의사당을 보고 입이 짝 벌어졌다.

그림 속에 들어와 있는 기분이 들었다. 장관이었다.

1904년에 완공된 이 신비로운 건축물은 낮에든 밤에든 부다페스트의 품격을 한 단계 올리는 데 혁혁한 기여를 한다. 네오고딕, 르네상스, 바로크 양식이 절묘하게 조화를 이룬 이채로움에 관광객들은 분망히 카메라 셔터를 눌러댄다.

88개의 동상, 691개의 집무실. 첨탑의 높이까지 헝가리의 건국 연도(896년)와 연관되어 있다고 하니, 이 국회의사당은 단순한 건조물이 아니라 헝가리의 국가적 자존심의 결정체라고 해도 과언이 아니다.

일 년을 상징하는 365개의 첨탑. 아마 일 년 내내 민심의 목소리에 귀 기울이며 정치를 하라는 의미일 것이다. 그런데 2018년 헝가리에서 난민을 지원한 단체나 개인에게 징역형을 처할 수 있도록 하는 법이 생겨났다. 이른바 '스톱 소로스법'을 압도적인 표차로 가결한 곳이 바로 헝가리 의회다. 외국인은 헝가리에 정주할 수 없도록 한 헌법 개정안도 통과됐다. 이토록 화려하고 아름다운 국회의사당에서 이런 극악한 산물을 만들어내다니, 비극이다.

물론 난민에 대한 생각은 저마다 다를 수 있다. 그러면 난민정책에 대해 심도 있는 토론을 하면 될 일이다. 난민을 도와줬다고 처벌을 하고, 심지어 징역형으로 이어질 수 있다는 사고의 부박함에 놀라움을 금할 수 없다.

세계에서 두 번째로 큰 이 국회의사당의 의미에 대해 새삼 생각해보게 된다. 대부분의 사람들이 이 거대한 건축물의 규모와 디자인에 대해서만 주로 이야기를 많이 한다.

이 국회의사당이 단순히 외관이 멋있다는 이유로 '관광

콘텐츠'로만 소비되지 않기를 바란다. 국회의 본령이 무엇인지 잊지 않기를.

돌돌핍인의 국가 나르시시즘,
기울어진 중화민족주의의 허상

돌돌핍인. '기세가 등등하다'는 뜻의 이 낯선 조어는 최근 중국의 모습을 설명하기에 부족함이 없다. 2017년 12월 문재인 대통령의 중국 국빈방문 당시 중국 경호원들은 한국의 기자를 집단으로 폭행했다. 그 어이없는 뉴스를 본 필자는 십 년 전 비슷한 느낌을 받았던 한 장면이 떠올랐다. 2008년 베이징 올림픽 성화 봉송 때, 중국 유학생들이 서울 한복판에서 한국 기자와 경찰들에게 삿대질을 하고 폭력시위를 일삼았던 그 야만적인 광경. 불쾌한 기억이다.

동북공정을 비롯한 과거 역사에 대한 중국의 독단적인 태도 또한 지난 몇 년간 딱히 바뀐 게 없다. 도리어 더 교묘하게 진화하고 있다는 분석도 있다. 이는 우리 입장에서는 심히 우려되는 대목이다.

중국은 현재의 관점에서 자신들의 입맛에 맞게 과거를 직조하고 있다. 역사에 대한 정치적 윤간이다. 베네데토 크로체의 말마따나, 모든 역사는 현대사인 것이다. 고로, 동북공정을 단순한 학술 문제로 치부하는 것은 단견의 소치다. 국가의 정치적·외교적 명운이 걸린 이 중대한 사안을 학적 논의의 대상으로만 국한하는 것은 중국의 외교적 전술에 말려들어가는 것일 수 있다. 동북공정 뒤에 자리 잡고 있는 팽창적 중화민족주의의 음험한 의도를 알아차릴 수 있어야 한다.

지오반니 아리기는 20세기 미국의 헤게모니가 바야흐로 마침표를 찍고, 21세기에 중국이 세계 헤게모니를 쥐게 될 것이라 말했다. 실지로 개혁·개방 이후 초고속 경제성장을 일군 중국은 증대된 경제력을 바탕으로 자기 목소리를 내고 있다.

새뮤얼 헌팅턴은 《문명의 충돌》에서 중화와 일본을

각기 다른 독자적 문명으로 분류한 바 있다. 두 강대국 간 충돌의 가능성을 배제하지 않은 것이다. 헌팅턴은 또 중국이 동아시아의 지배국이 되려고 함을 지적하기도 했다.

> 중국이 세계를 뒤흔들면 세계는 새로운 균형을 되찾기까지 30년에서 40년이 걸릴 것이다. 중국은 그저 또 하나의 열강일 뿐이라고 깎아 내려도 소용없다. 중국은 인류 역사상 가장 큰 주역이다.
> —《문명의 충돌》(새뮤얼 헌팅턴, 이희재, 2016)

1994년 싱가포르의 전 수상 리콴유는 이렇게 말했다. 뒤흔들면이라는 가정 어법이 현실화됐다. 그의 말처럼 중국은 현재 세계 역학구도에서 가장 큰 주역으로 부상했다. 그리고 중국이라는 거대한 국가의 화려한 웅비는 고집 센 중화주의를 부활시키고 있다.

최근 왕왕 드러나는 중화민족주의의 공격성은 모종의 우월감과 자신감에서 비롯되었을 가능성이 크다. 이제 중국은 속으로는 '대중국 공영권의 출현'을 고대하고 있는지도 모른다. 우리는 이런 움직임을 주의 깊게 경계하고, 만반의 대비를 해야 한다. 아울러 중화민족주의에 대한 올바른 이해 역시 수반되어야 할 것이다.

중국이 아편전쟁 이후의 백여 년을 제외하고, 장구한 세월 동안 패권 국가였던 것은 객관적 사실이다. 하지만 중화민족주의의 역사 자체는 매우 짧다. 역사학자 강진아 교수에 따르면 우선 '민족'이라는 어휘 자체가 근대에 기획된 발명품이다. 민족이란 개념은 1880년대 후반 일본에서 만들어졌고, 1900년 전후에 일본어로 정착되었다. 그 후 민족 개념은 중국 내셔널리즘의 형성에도 동원되었다. 계몽사상가 량치차오는 일본 망명 중에, 한족을 물론이고 청조 영토 내의 소수민족까지 포괄한 새로운 민족 개념으로 '중화민족'을 상상해냈다. 요컨대, 중화민족주의의 역사 자체는 백여 년밖에 되지 않는 것이다.

량치차오가 중화민족을 '상상'해냈다는 것이 특기할 만하다. 여기서 민족주의 사유의 허구성이 드러난다. 민족주의가 한낱 상상의 결과라면, 누군가에 의해 조장되고 고안된 정치 이데올로기에 지나지 않을 수 있다. 베네딕트 앤더슨의 그 유명한 표현을 빌리면, 중화민족은 상상의 공동체인 것이다.

이때 오성홍기 아래 모인 중국인들은 동원의 대상으로 지위의 주체성을 상실한다. 객체화되는 것이다. 유독 중국의 민족주의 앞에 '관제' 혹은 '관방'이라는 접두어가 많이 붙는 이유를 한번 곱씹어볼 필요가 있다. 중국 인민들이 민족주의의 이러한 측면들을 인지하지 못하면, 공산당은 더욱 민족주의를 정치도구로 남용할 것이다. '사회주의 시장경제'라는 형용 모순의 노선을 걷고 있는 공산당이 계속 사회주의로 국민들을 통합시키기란 불가능에 가까워 보인다. 그래서 민족주의가 악용될 공산이 크고, 공산당에게는 꽤나 달콤한 대안이 되는 것이다.

십삼 억 각양각색의 중국인들은 저마다의 가치관과 정체성이 있을 텐데, 이들 모두를 '중화민족' 네 글자로 치환하는 중화민족주의는 애초에 개개인의 다양한 특성이나 인생관 따위에는 관심이 없다. 민족주의는 그렇게 섬세한 논리가 아니다. 이 무지막지한 환원주의는 집단(=민족)의 단결과 응집을 촉구하고, 나아가서는 다른 집단을 적대시하는 태도로 전화하기도 한다.

나치즘처럼 중화민족주의에도 민족 차별의 사고가 함유되어 있다. 중화사상을 흔히 화이사상이라고도 하는

데, 여기서 화華는 한족이고 이夷는 이민족이다. 즉, 한족이 최고로 우수하며 이민족은 천시한다는 생각에 다름 아니다. 근자에 중국이 주변국들에게 보이는 오만방자함에는 이러한 사상적 연원이 뒷받침되어 있다고 볼 수 있다.

남상욱 전 중국 광저우총영사는 중화민족주의 입장에서 중국과 주변 국가 간의 대등한 관계는 애당초 성립될 수가 없다고 말한다. 중국은 말 그대로 세상의 중심이고, 주변국은 중국이 시혜를 베풀어야 하는 열등한 대상인 것이다. 이런 상하관계의 형식화가 조공관계이다.

그런데 중국의 한 성에 불과한 크기의 작은 나라 한국이 드라마와 가요 등의 대중문화로 중국을 점령하다시피 했다. 중국 청소년들이 한국의 인기 스타에 열광하는 모습에 '대국'의 체면이 구겨졌다. 쉽게 말해, 중국 국수주의자들의 배알이 꼴린 것이다. 문화강국의 자부심에 생채기가 나서, 그에 대한 반작용으로 '혐한'이라는 반발심리가 격하게 드러난 것이다. 이 역시 중화의 편협하고 왜곡된 자화상이다.

중국의 민족주의 자체는 비판의 대상이 아니며 그 정당

한 민족정신에 대해서 내가 왈가왈부할 권리도, 이유도 없다. 다만 '중화의 자부심'을 외치며 이웃 나라의 거리를 점거하고 난동을 부리는 극단의 중화주의는 배격해야 마땅하다. 이유가 뭐가 됐든 다른 나라의 언론인에게 폭력을 행사한 것도 거센 비난을 받아야 한다.

중국이 나치즘이나 혹은 자신들에게도 크나큰 상처와 굴욕의 기억인 일본 군국주의의 전철을 밟지 않기를 진정으로 바란다. 일본이 경이로운 경제적 성취에도 정치적으로 존경받지 못하는 짐을 지고 있는 상황을 숙려해봤으면 한다. 근린국가들에게 존중받고 지지받는 나라가 되기를 바라 마지않는다. 이런 고차원적인 박애주의를 백범 김구 선생은 '사해동포주의'라 하지 않았던가.

중국을 바라보는 우리의 편벽된 시각 역시 되돌아볼 필요가 있다. 인식과 태도의 획기적인 전환이 요구된다. 협력과 상생의 한·중 관계를 진심으로 기원한다.

가학과 피학의 결합,
중국 문혁의 토양

다이허우잉의 《사람아 아, 사람아!》(다이허우잉, 신영복, 2005)는 망각된 휴머니즘의 가치를 재조명했다고 평가받는 작품이다. 이 주장에 반기를 들 생각은 없으나, 소설의 의미를 '휴머니즘'이란 단어 안에 묶어두는 것은 분명 문제가 있다. 아울러 작품에 대한 기존의 감상이 주로 쑨위에와 허징후 사이의 사랑에 치우쳐 있는 감도 없지 않다.

《사람아 아, 사람아》에서 자오젼후안은 소문난 미인이자 상냥하며 남을 배려할 줄도 아는 아내인 펑란씨앙에게 무정하기만 하다. 란씨앙만 없었다면 쑨위에를 잃지 않았을 거라 생각하는 그는 차가운 태도와 날이 바짝 선 언어로 아내에게 툭하면 상처를 준다.

> 당신이 정말로 보내고 싶어한다면 가지! (…) 설령 그녀
> (쑨위에)에게 내쫓기는 한이 있더라도 상관없어.

이런 말을 듣고 눈물을 흘리지 않을 여인이 어디 있겠는가. 자오전후안은 부인을 '분별없는 여자'라고 표현하지만, 그의 이런 야박한 모습이야말로 더더욱 분별없는 작태로 비난 받아 마땅하다고 생각한다. 소리를 죽여 우는 것 외에 마땅한 저항수단을 갖고 있지 못한 란씨앙에게 자오전후안은 남편으로서 기본 자세와 도리를 방기한 채, 마음속으로 늘 전 부인인 쑨위에를 생각하고 동시에 용서를 구하고 싶어 한다.

이성을 압도한 본능에 의해 란씨앙은 임신이 됐고, 자오전후안은 이를 실수이자 천추의 한으로 여기게 된다. 그가 란씨앙을 진심으로 사랑하지 않은 모습이 정황상 이해가 되지 않는 것은 아니나, 이런 이해가 그의 가학적인 폭력성을 정당화할 수는 없는 법이다.

그는 부인 란씨앙에게 당신을 진심으로 사랑한 일이 없었다는 말을 서슴없이 내뱉는다. 지금까지 진정으로 마음을 바친 일이 없고, 새삼스레 그런 마음을 요구하는 것은 곤란하다는 등 냉정한 말을 주저 없이 잇는다.

그의 말을 듣고 불안, 공포, 분노가 서린 란씨앙의 얼굴을 보고는, 자오전후안은 희미한 쾌감을 느낀다. 아울러 복수의 기쁨까지 느끼는 자오전후안의 가학성은 문화대혁명이라는 시대적 배경, 그의 개인적인 가정사 등 어떤 사유를 들이대도 정상참작이 되지 않는 악독한 폭력이다.

그렇다면 자오전후안이 끝없이 용서를 구하려는 대상인 쑨위에에게는 그가 어떻게 대했었나? 어떤 태도를 보였기에 '용서'까지 구해야 한다는 것일까? 사실 자오전후안이 휘두르는 수평폭력의 최초 피해자는 현재의 부인 란씨앙이 아닌 과거의 부인 쑨위에였다.

심신이 지쳐있던 쑨위에에게 자오전후안은 뻔뻔스럽다고 몰아붙였다. 헤어진 후 지팡이를 짚고 걸식을 다니더라도 후회하지 않을 것이고, 다시는 볼 일 없을 거라며 냉혹하게 이별을 선고한다.

문화대혁명은 언뜻 대중이 혁명의 주체였던 것으로 착

시현상을 일으키기도 하지만, 이는 엄연히 당에 의해 추동되고 정교하게 지휘된 '당 지도부 사이의 권력투쟁'이었다. 이 과정에서 들끓는 혁명 에너지를 발산할 공간을 찾던 대중들은 자신들과 비슷한 혹은 만만한 동료 대중들에게 무참한 수평폭력을 행사했다.

아내에게, 전 부인에게 잔혹했던 자오전후안의 자화상은 문화대혁명 시기의 중국 인민들을 비추는 거울과도 같다. 사회학자 백승욱 교수는 문화대혁명이 정작 제도적으로 무엇을 남겼는지 불명확하다고 지적한 바 있다.

무엇을 남기기 위해, 무엇을 얻어내기 위해 그 많은 사람들이 혁명의 대열에 동참했고 또 수많은 사람들이 고통 받아야 했을까? 십 년의 광기로 남은 것은 폭력의 상처뿐이었고, 가해자와 피해자가 어지럽게 뒤섞여 제 나름의 고통을 감내하며 살아내는 광경을 자오전후안은 우리에게 여실히 보여주고 있다.

사랑하는 남편이 함께 살 수 있도록 전근을 요구해보자고 간청했으나, 쑨위에는 조직의 결정에 따르자는 말만 로봇처럼 되풀이한다. "조직에는 어떤 요구도 해서는 안 돼요. 나는 당원이니까"라는 그녀의 말은 문화대혁명이 중국대륙을 휩쓸 수 있던 토양이 무엇이었는지 짐작하게 해준다. 당에 대한 그녀의 성찰 없는 맹종은 흡사 라 보에티가 말한 '자발적 복종'을 연상시킨다

라 보에티는 인민들이 마땅히 느껴야 할 어떤 고통스러운 상황을 대수롭지 않게 여기는 태도에 주목했다. 그에 따르면, "실제로 인민들은 폭정을 묵묵히 참고 견디는 것을 당연하다고 여기고 이를 자연스러운 일이라고 여긴다"는 것이다. 언론인 홍세화는 "자발적 복종은 자신이 노예임을 모른 채 편안하게 죽어간다는 의미"라고 말하며, 우리 안에 깊이 안착되어 있는 자발적 복종이 우리 스스로가 노예 상태임을 인식조차 못하도록 조종하고 있다고 지적했다.

"10년간의 참화 속에서" 혁명의 횃불이 꺼지지 않고 뜨겁게 계속 타오를 수 있었던 것은 중국공산당에 대한 중국 대중의 자발적 맹종이 있었기에 가능했다. 부당한 억압-피억압 구조는 자발적 복종 속에서 은폐되고 윤색됐다. 좌경화된 혁명 열기 속에서 공산당에 철저히 복무했던, 자신들의 존엄과 권리를 스스로 헌납했던 당시 대다수 중국 인민의 얼굴이 쑨위에를 통해 씁쓸히 투영되고

있다.

　문화대혁명을 전후로 한 중국 사회가 그만큼 병리적이고 모순적이었음을, 가학성과 피학성이 한데 섞여 일반 대중들을 끝도 없이 괴롭혔음을 보여주고 있다.

　이 작품은 휴머니즘이라는 렌즈를 통해 여러 각도로 독해해볼 수도 있고, 가학성과 피학성의 개념으로 문화대혁명에 대해 진지하게 성찰해볼 수도 있는 우수한 작품이다. 문화대혁명의 폐해를 일일이 열거하는 것보다, 등장인물들이 주고받는 섬세한 언어를 통해 우리에게 보다 깊은 울림을 주고 있다. 그들의 대화에 깊이 빠져보기를.

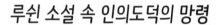

루쉰 소설 속 인의도덕의 망령

— 이제 '식인의 역사'를 끝내야 한다

오랜만에 루쉰 소설을 다시 꺼냈다. 루쉰의 글을 읽다
보면 인의도덕에 대한 작가의 비판적 관점이 느껴진다.
인의도덕 자체는 분명 문제될 것이 없다. 다만 인의도덕
으로 표상되는 '냉혹한 봉건 도덕'이 폭력과 공격의 논거
로 활용되는 습속은 비판 받아 마땅하다.

《방황》(루쉰, 김시준, 2008)의 〈복을 비는 제사祝福〉에는
이러한 봉건 도덕의 희생양이 나온다. 바로 샹린댁이다.
중문학자 이종민 교수는 "《방황》은 박탈당한 존재들의
침묵을 다시 소리로 번역하고 재생한다"고 말했다. 샹린

댁이 바로 '박탈당한 존재'의 상징이 아닐까?

하지만 몰래 숙모에게 저런 사람은 가엽긴 하지만 풍기를 어지럽힌 사람이니 일은 거들게 하되, 제사 때에는 손을 대게 해서는 안 된다고 주의를 주었다.

'지금에 와서, 자네는 두 번째 남편과는 이태도 살아보지 못하고 죄명만 뒤집어쓴 꼴이 되었어. 생각해 봐, 자네가 죽어서 저승에 가면 귀신이 된 두 남자가 서로 차지하려고 다툴 터이니, 자넨 어느 쪽으로 가야 하지? 염라대왕은 자네를 톱으로 잘라서 두 사람에게 나누어 주는 수밖에 없을 걸. 그렇게 되면 정말……'

그녀의 얼굴에는 금세 두려움의 빛이 드러났다. 이런 얘기는 산골에서는 전혀 알지 못했던 것이다.

사람들은 샹린댁의 반복되는 옛이야기에 싫증을 느끼고 그녀를 멀리한다. 그녀는 같은 말을 되풀이한다. 그만큼 과거의 기억이 그녀에게 지독한 상처를 새겼던 것이리라. 이는 필시 정신분석학의 아버지 지그문트 프로이트가 말한 '반복강박'이다. 반복강박이란 고통스러운 기억이나 감정을 계속 호소하면서도 여전히 똑같은 행동을 반복하는 현상을 일컫는다.

'저는 정말 바보였어요, 정말…….' (…)

샹린댁은 그 얼빠진 듯한 눈을 쳐들며 이렇게 말했다.

'저는 눈이 올 때만 짐승들이 산속에서 먹이가 떨어져 마을로 내려온다고 알고 있었어요. 봄에 도 나온다는 것을 알지도 못했어요. (…) 나가서 살펴보니, (…) 우리 아마오는 없었어요. (…) 좀 들어가 보니 과연 풀숲에 쓰러져 있었어요. 뱃속의 창자는 몽땅 먹혀 버렸고, 손에는 아직 그 조그만 바구니를 꼭 쥐고 있었어요…….'

샹린댁은 위와 같은 말을 반복한다. 그러나 이내 마을 사람들은 듣는 것조차 넌더리 치며 그녀의 말에 더 이상 귀 기울이지 않는다. 사람들은 약한 사람이 같은 말을 되풀이하는 것에 큰 관심을 두지 않는다. 봉건 도덕은 샹린 아줌마를 인격적으로 대우하지 않았다. 독한 말을 그녀에게 던지며 모든 희망을 앗아갔다. 봉건 도덕이 사람을 해한 것이다. 이는 루쉰이 〈광인일기〉에서 이미 소리쳐 외친 그것이다.

역사책에는 연대가 없고 비뚤비뚤 페이지마다 온통 '인의 도덕'이라는 몇 글자가 쓰여 있었다. (…) 비로소 글자들 사이에서 글자를 찾아냈으니, 책 전체가 온통 '식인'이라는 두 글자뿐이었다.

중문학자 송철규 교수의 지적처럼, "인의도덕이란 번듯한 말을 앞세운 봉건의 역사야말로 '식인'의 역사였던 것이다." 이렇듯, 유교 이데올로기는 모든 것을 죄다 집어삼켜버렸다.

김경일 교수는 《공자가 죽어야 나라가 산다》에서 다음과 같이 주장했다.

공자의 도덕은 '사람'을 위한 도덕이 아닌 '정치'를 위한 도덕이었고, '남성'을 위한 도덕이었고, 심지어 '주검'을 위한 도덕이었다.
—《공자가 죽어야 나라가 산다》(김경일, 2001)

처음부터 거짓과 함께 출발한 유교는 힘과 돈을 가진 사람을 위해 봉사할 수 밖에 없는 태생적 한계를 지니고 있다. 그는 선언한다. 유교의 유효 기간은 이제 끝났다고!

루쉰 작품 속 배경은 고루한 유교 사회 그 자체이다. 〈복을 비는 제사〉에서 사람들은 유교적 봉건 질서에는 별 다른 의심을 품지 않으면서, 샹린댁에게는 냉정하게 언어폭력을 휘두른다.

오늘이라고 다른가. 아직도 '여자가 그래도 ~해야지'라는 문장을 별 다른 성찰 없이 쓰는 사회에서 우리는 살고 있다. 여성이 명백한 피해자일 때에도, 상황 외적인 이슈를 침소봉대해 문제의 본질을 흐리곤 한다.

루쉰이 최근 벌어지고 있는 미투 운동을 예견했을 리 없으나, 그의 소설이 주는 메시지를 현대적으로 재해석함으로써 얻을 수 있는 교훈은 분명히 존재한다. 그것은 이 시대의 적잖은 여성들이 보이는 모종의 반복강박 증세를 외면해서는 안 된다는 것. 이제 '식인의 역사'를 끝내야 한다.

선충원, 화폐 페티시즘에 제동을 걸다

중편 소설 《변성》(심종문, 정재서, 2009)은 중국의 대문호 선충원의 대표작이다. 중문학자이자 문학평론가인 정재서 교수는 《변성》을 읽지 않는다면 중국 현대문학의 아주 중요한 측면을 외면하는 것이나 마찬가지라고 역자 서문에서 단언한다. 정 교수는 이어 독자들이 이 책을 읽는 내내 행복해 하기를 기원한다. 역자로서 충분히 가질 수 있는 희망이다.

필자는 역자의 바람처럼 이 책을 읽는 내내 참 좋았다. 글을 읽어가면서 절로 다동의 풍광이 눈앞에 펼쳐지는 듯했다. 작품의 우아하고 아름다운 분위기에 유유히 젖어 들게 하는 선충원의 유연하고 미려한 문장은 역시 압권이 었다.

소설 속 사공 노인은 돈에 초탈하고 자신의 일에 묵묵히 최선을 다하며 소시민적 안빈낙도의 삶을 구가한다. 나룻배로 강을 건너는 많은 사람들은 아무리 나루가 관가 소유라서 삯전을 내지 않아도 된다지만, 미안한 마음에 엽전을 뱃전에 놓고 내린다. 그럴 때마다 사공은 사람들의 정성을 사양하고, 엽전들을 하나하나 주워 그들의 손에 도로 쥐어주며 말한다.

난 관가에서 식량을 타먹는 사람이오. 쌀 서 말에 돈 700 전이면 살 만하단 말이오. 이런 건 안 받아도 되오!

황금만능주의에 경도되어 있는 현대인들에게는 너무도 낯설고 부자연스러운 광경이다. 경제가 모든 것에 우선하고, 경제라는 키워드가 각종 선거에서 가장 설득력 있는 공약이 되는 사회에서 우리는 호흡하고 있다. 돈은 수단의 지위에 만족하지 않고 목적 그 자체가 되려고 몸부

림치는 듯하다.

"부자 되세요"라는 한 광고의 카피가 덕담처럼 회자된 바 있다. 한국 사회의 배금주의를 가장 적나라하게 보여준 이 광고 문구는 매우 성공적인 광고요, 효과적인 마케팅으로 평가받고 있는 실정이다. TV광고가 아무리 상업적 목적 아래 방영되는 것이라 해도, 지극히 물신적인 어법이 지배적 담론이 되는 사회를 건강하다고 보기는 어렵다.

사공 노인은 준다는 돈도 마다하는데, 우리는 돈 때문에 가족도 살인했다는 끔찍한 소식을 전파를 통해 심심찮게 접하곤 한다. 1930년대에 쓰인 이 소설이 지금도 우리의 폐부를 찌르는 것은 한탕주의와 물질만능주의에 대한 환멸에서 기인하는 것이리라.

> "취취야, 취취야, 할아버지 좀 도와다오. 저 종이 장수가 못 가게 잡아라!"
> 영문도 모르는 취취가 할아버지 얘기에 누렁이와 함께 산을 내려가는 그 사람의 앞을 척하니 막아섰다. (…) 할아버지가 헐레벌떡 뛰어와서 그 사람 손에 억지로 돈을 쥐어 주었다. 그리고 잎담배 한 다발을 그의 봇짐 속에 넣어준 후 두 손을 비비고 웃으며 말했다.

"자, 이젠 가도 되오. 어서 떠나슈!"(…)

"할아버지, 전 또 그 사람이 할아버지 물건을 훔쳐서 싸우시는 줄로만 알았어요!"

"그 사람이 돈을 듬뿍 주는 거 아니냐. 나는 돈이 필요 없거든! 그래서 돈을 안 받는다고 했더니 그 사람이 막 우기더라고. 막무가내야."

사공 노인은 돈이 필요 없다고 말한다. 그래서 돈을 많이 주는 종이 장수를 끝까지 쫓아가 되돌려준다. '과시적 소비'가 횡행하는 현대사회에 일침을 가한다. 물론 시대가 엄연히 다른 만큼, 사공 노인처럼 아예 '돈이 필요 없다'는 생각 아래 살아야 한다는 것은 아니다.

다만 돈과 인간의 주종관계가 역전되어, 돈에 종교에 가까운 집착을 보이고 돈을 인생 최우선의 가치로 삼는 우를 범하지 말자는 것이다. '화폐 페티시즘'으로 향하고 있는 지금의 작태에 제동을 걸 필요가 있다는 의미이다.

사공 노인이 갖고 있는 물질에 대한 초탈함, 그리고 느림의 미학을 몸소 실천하는 모습은 현대인에게 귀감을 주는 바가 적지 않다. 사공 노인은 프랑스 철학자 피에르 상소가 말한 '적은 것으로 사는 사람들'의 표상이라 할 수 있다.

필자는 《변성》의 아름다움에 취해 정신없이 책을 읽어 나갔다. 동화처럼, 잔잔한 음악처럼 《변성》은 독서의 흥취를 돋우었다. 책장을 쉬이 놓지 않게 되는 불가해한 마력에 매혹되어 자꾸만 빠져 들어갔다. 천보와 나송만큼 취취를 사랑하게 됐고, 사공 노인의 죽음에 깊은 슬픔을 느꼈다.

하지만 선충원의 《변성》이 필자에게 더욱 아름답게 느껴지는 이유는 문체의 미려함보다는 현대를 살아가는 우리에게 진한 고민을 안겨주기 때문이다. 《변성》은 2019년의 사회상을 꼬집는 데 전혀 부족함이 없다. 현대인의 일상성에 대해서 되돌아보고 심사숙고하는 시간을 제공한다.

비겁한 수평폭력의 피해

　루쉰이 자신의 단편소설 중 가장 좋아한다고 밝힌 작품 〈쿵이지〉에서 쿵이지는 함형주점의 주인과 손님들에게 늘 조롱당한다. 그런데 주점에 오는 손님들은 대부분 노동자들이라 사실 쿵이지와 처지가 크게 다르지 않다. 이 평범한 노동자 손님들은 '장삼을 입은 손님들'에게는 반항할 생각이 전혀 없는 듯하다. 그저 만만한 쿵이지를 조소하고 멸시한다.

　〈쿵이지〉에 대해 "몰락한 전통 지식인의 삶을 그려냈다"거나 "변화된 시대상을 수용하지 못하는 하층 지식인의 위선을 꼬집었다"는 비평은 어딘지 부족한 감이 있다. 쿵이지는 성공한 지식인은 분명 아니지만, 손님들과 주점 주인에게 일방적으로 괄시당할 만큼 나쁜 사람은 아니다. 넉넉하지 않은 형편에도 아이들에게 회향두를 하나하나 나누어 주는 선한 심성을 지닌 인물이기도 하다.

이런 쿵이지를 집단적으로 희롱하면서 희열을 느끼는 것은 일종의 가학행위다. 중문학자 전형준 교수는 이 작품에서 루쉰이 '민중의 왜곡된 공격성'을 비판하고 있음을 지적한다. "출신이야 어떻든 현재의 쿵이지는 넓은 의미에서 하층 민중에 속한다고 할 수 있으므로 쿵이지에 대한 함형주점 사람들의 학대는 결국 민중적 자해의 한 양상이 된다"는 것이다.

'일종의 가학행위', '민중의 왜곡된 공격성', '민중적 자해'는 수평폭력과 조응된다. 알제리 독립운동을 주도한 혁명가이자 정신분석학자 프란츠 파농은 '수평폭력'에 대하여 말한 바 있다.

식민지의 민중들이 지배 권력이 행사하는 부당한 폭력에 분연히 맞서기보다는, 외려 비슷한 처지에 놓인 동료들에게 거친 폭력성을 표출한다는 것이다. 즉, 억압의 근원을 향해서는 분노를 표현하지 못하고 만만한 상대에게 억눌린 화를 쏟아내는 현상을 의미한다.

우리는 다양한 영역에서 수없이 많은 수평폭력을 접하게 된다. 분명 불쾌한 조우다. 사실 수평이라는 말은 대동소이함을 상정하기에, 폭력이라는 단어와의 연결이 썩 어울리지 않아 보일 수도 있다. 비슷비슷한 사람들 간에 발생한 폭력행위(혹은 사건)는 일방적 가해자와 피해자라는 도식을 이끌어내기 쉽지 않기 때문이다. 특히 수평에서 평이라는 놈 때문에 이런 생각은 배증하기도 한다.

헌데 수평을 '기울지 않고 평평한 상태'라는 사전적 의미 외에 '이하'의 개념까지 포괄하여 보다 폭넓게 이해하면 수평폭력의 참뜻을 곱씹을 수 있게 된다. 이하는 미만을 함유하고 있지 않은가. 평의 외피를 쓰고 실지로는 미만의 대상들에게 폭력을 집중 투사하는 것. 그래서 더 비열한 것이다.

당사자가 정확히 수평의 위치에 있다 한들(이것을 수치적, 계량적으로 나타내는 것이 불가능하지만), 다수와 소수의 싸움으로 변이되면 그 역시 평이라는 더러운 화장술과 전체주의의 불온한 파시즘적 광기가 뒤섞여 잔인한 폭력행위를 일

으킨다.

다수가 이런 화장술에 매료되어 짙은 화장을 서슴지 않을 때, 이 무서운 다수는 폭력을 미화하며 정당화하려 한다. 다수의 행복과 이익만큼 달콤한 이데올로기는 없지 않은가. 이 폭력의 끝은 이런 종류의 폭력행위에 대해서 제3자의 둔감함을 유도하는 것. 그래서 더 잔혹한 것이다.

함형주점에서 쿵이지를 놀려대던 손님들이 사실 딱히 엄청나게 악독한 인간들은 아니다. 이렇듯 일상에서 우리도 별생각 없이 수평폭력의 가담자가 될 수 있다. 비겁한 수평폭력의 공범이 되는 것만은 막아야 한다.

'민중적 자해'의 피해는 고스란히 우리의 몫으로 돌아온다.

자신의 팀이 없어지는 것이 목표라는 팀장

최근 한 경제 매체가 주관하는 포럼에 참여했다. CSR(기업의 사회적 책임)을 주제로 각계 전문가들의 열띤 강연이 펼쳐졌다. 학교에 다닐 때 책으로 접했던 CSR을 기업의 일원이 된 후 다시 마주하게 됐다. 유익한 시간이었다.

한 기업에서 CSR팀장을 맡고 있는 연사의 20분 남짓한 프레젠테이션이 가장 기억에 남는다. 그는 CSR팀이 없어지는 것이 목표라고 말했다. 다소 엉뚱하게 들릴 수 있는 말을 꽤나 진지하게 청중들에게 전달했다.

이유인즉슨 CSR팀이 존재하지 않더라도 각 부문, 각 팀에서 알아서 윤리경영을 실천하고 자발적으로 사회적 책임을 다하는 경영문화가 정착되기를 바라기 때문이란다.

그의 바람이 이뤄질 수 있을까?

당분간은 그가 실업자가 될 가능성은 매우 낮아 보인다. 국내 경영환경에서 CSR은 아직 갈 길이 멀기 때문.

하지만 자신의 팀이 없어지는 것을 감수하더라도 기업 전체의 문화가 발전하는 것을 진정으로 바라는 이런 팀장과 같은 사람이 많아진다면, 소비자들의 '지갑'뿐 아니라 '마음'까지 사로잡을 수 있는 기업 또한 늘어날 것이라 믿어 의심치 않는다.

고로 그의 팀은 외려 더욱 열심히 일을 해야 할 듯싶다.

청렴 생태계의 조성

"정의? 대한민국에 그런 달달한 것이 남아 있기는 한가?"

화제를 모았던 영화 〈내부자들〉에 나오는 대사다.

위정자들과 기업인들의 부정부패 뉴스 보도를 연일 접하다 보면, "청렴? 대한민국에 그런 달달한 것이 남아 있기는 한가?"라고 자조하게 된다.

사회의 모범이 되어야 할 자들의 파렴치한 독직과 부도덕에 '청렴'이 교과서에나 나오는 단어라고 생각하는 사람들도 많아진 듯하다. 비극이다.

신문기사를 읽던 중 '청렴 생태계'라는 멋진 말을 우연히 접한 적이 있다. 법조인 출신인 한 인사는 언론과의 인터뷰에서 청렴 생태계란 "정부, 기업, 개인 모두에게 청렴 문화가 내재화되고 선순환하는" 개념이라고 설명한 바 있다.

청렴 생태계의 조성이 시급하다.

일찍이 다산 정약용 선생은 "청렴한 사람은 청렴을 편안히 여기고 지혜로운 사람은 청렴을 이롭게 여긴다"라고 강조했다.

진보정부든 보수정부든 우리 정부에 청렴을 편안하고 이롭게 여기는 이들로 가득했으면 좋겠다.

레몬시장 이론으로
소개팅과 선거에 대해 생각해보기

레몬시장에 대해서 말해보고자 한다. 갑자기 웬 뜬금없는 레몬 이야기냐고 반문할 수도 있겠다. 사실 개인적으로 레몬보다는 귤, 사과, 바나나를 훨씬 더 좋아한다. 특히 귤은 손이 노래질 때까지 먹곤 한다.

레몬은 참 예쁘게 생긴데다 향도 좋다. 레몬의 시각적, 후각적 매력에 흠뻑 취해 이 탐스러운 과일을 앙~하고 깨물었을 때 느끼게 되는 충격적인 배신감(?).

너무 신맛 때문에 오만상을 짓는 나와 노란색 병아리처럼 통통하게 생긴 예쁜 레몬과의 강렬한 콘트라스트!

영어사전에서 레몬의 뜻을 찾아보면, 우리가 잘 아는 과일의 한 종류로서의 뜻 외에도 쓸모없는 것 something that is useless 이라는 뜻도 가지고 있다.

경제학에서 레몬은 '정보의 비대칭성'으로 인한 '역선택'의 현상을 설명할 때 자주 등장한다. 가장 잘 알려진 사례인 중고차 시장 이야기를 해보자.

중고차를 판매하려는 사람과 구매하려는 사람 사이에는 엄연한 정보의 격차가 존재한다. 구매자는 차량의 성능과 품질에 대한 정보 부족으로 비싼 값을 지불하려 하지 않는다. 차량 구매에 대한 긍정적 확신이 쉬이 서지 않기 때문이다.

판매자 역시 구매자가 제시하는 낮은 가격에는 차를 팔려고 하지 않을 터. 그러다 보니 중고차 시장에는 품질과 상태가 불량한 차량(레몬=쓸모없는 것)만 남게 되는 것이다.

레몬시장 이론은 2001년 노벨 경제학상 수상자인 조지 애커로프 UC 버클리대학 교수에 의해 정리됐다. 애커로프가 1970년에 쓴 논문에서 고안된 것이라고 한다. 쉽게 말하면 '똥차시장 이론'인 것이다.

레몬시장 이론은 우리 일상 속에서도 적용될 수 있다.

조금 가슴 아픈 얘기일 수 있으나, 소개팅에서 성공확률이 낮은 것 또한 우선 정보의 비대칭과 관련이 있다고 볼 수 있다. 또 괜찮은 여자나 남자는 이미 알콩달콩 연애 중이라 소개팅 마켓에는 '레몬'이 많이 남아 있기 때문이라는 가슴 찢어지는 분석도 가능할 듯하다. 여기서 말하는 레몬은 당연히 상큼한 과일을 의미하는 것은 아닐 터. 오호통재라.

크고 작은 선거 때마다 일어나는 역선택 또한 레몬시장과 맥이 닿아 있지 않을까? 중고차 판매자(정치인)의 감언이설에 현혹되어 구매자(유권자)가 '똥차'를 사는 경우가 허다하다. 다만 다른 점이 있다면, 상품소비에서의 역선택에 비해 선거에서 역선택을 한 후과가 훨씬 더 엄중하다는 점.

조지 애커로프의 레몬시장에 대해서 살펴보았다. 경제학에서 레몬이 뜻하는 맥락은 다소 부정적이지만, 사실 레몬은 감기예방과 피로회복에 좋은 과일이다. 이 글을 찬찬히 읽어주신 분들은 소개팅, 미팅, 면접 등등에서 싱그럽고 상큼한 레몬처럼 톡톡 튀는 매력을 뽐내어 좋은 결과를 이끌어내기를 바라 마지않는다.

고관여의 정치학

— 마케팅 용어 '관여도'를 선거에 대입해본다면

관여도라는 마케팅 용어가 있다. 소비자가 어떤 대상을 중요시하고 관심을 갖는 정도를 일컫는다. 관여도가 높은 제품을 구매하고자 할 때는 정보탐색에 시간과 노력을 많이 기울일 것이고, 관여도가 낮은 제품의 경우에는 상대적으로 시간 투자를 덜할 터이다. 명품가방을 살 때와 티셔츠 한 장을 살 때를 생각하면 이해하기가 쉽다.

고관여, 저관여는 상대적이고 연속적인 개념이다. 제품마다, 개인마다, 상황마다 달라질 수 있다.

이 마케팅 용어를 정치의 영역에 대입해보면 어떨까.

그동안 필자 주위의 적잖은 사람들에게 선거는 저관여 이벤트였다. 그놈이 그놈이더라 하는 것이 관여도가 낮아지게 된 배경일 것이다.

마케팅에서 고관여/저관여의 구분은 소비자의 기호에 따라 갈리곤 하지만, 민주주의 국가에서 선거만큼은 유권자가 관여도를 높이는 게 마땅하다. 대통령 선거 말고도 많은 선거가 있다. 모두 고관여의 자세로 명품을 골라내자.

건축학도의 제언, 북한을 한반도 4차 산업혁명의 출발지로

　'다채로운' 이력을 가진 저자의 '이채로운' 책을 두 번째 접하게 됐다.

　재단법인 여시재에서 한반도미래팀장을 맡고 있는 민경태 박사는 첫 책《서울 평양 메가시티》(민경태, 2014)에 이어 최근 《서울 평양 스마트시티》(민경태, 2018)를 선보이며 북한 전문가이자 건축학도로서 자신만의 세계관과 전문성을 유감없이 발휘했다. 《서울 평양 메가시티》가 발간된 해가 2014년이니 사 년 동안 숙성된 고민과 깊어진 통찰이 《서울 평양 메가시티》에 담겨 있다.

민경태 박사는 건축학(연세대학교), MBA(옥스퍼드대학교), 경제·IT(북한대학원대학교) 등 다양한 학문을 섭렵했다. 또 삼성물산·삼성전자, 벤처기업 데코드림, 대통령직속 북방경제협력위원회, 경남대학교 극동문제연구소 등 여러 영역에서 업력을 쌓았다.

그가 창의적이면서도 획기적인 제안을 끊임없이 쏟아낼 수 있는 원동력은 아마 융합적 사고를 가능케 한 학문적 배경과 국내 대기업과 벤처기업, 대학 연구소 등을 두루 경험한 독특한 커리어일 것이다.

그는 북한이 한반도 4차 산업혁명의 출발지가 될 수 있다고 주장한다. 역사학자 유발 하라리 예루살렘 히브리대학교 교수도 북한이 세계에서 가장 먼저 자율주행차가 운행되는 곳이 될 수 있다고 말하지 않았던가.

민 박사에 따르면 북한은 남한의 발달된 수도권 인프라에 '접속'함으로써 네트워크 경제를 구축하고 나아가서 성장시킬 수 있다. 좀 더 구체적으로 들어보자.

남북한을 연결시키는 네트워크 경제가 구축된다면, 북한 경제가 성장하기 위해 물질적 생산요소를 반드시 '소유'할 필요가 없어진다. 남한이 이미 보유한 우수한 산업 역량과 인프라에 접속하는 것만으로도 북한이 한반도 경제 시스템에 자연스럽게 포함될 수 있기 때문이다.

스마트시티에 대한 서술도 흥미롭다.

도시를 생명체에 비유한다면 스마트시티는 좀 더 똑똑하고 신진대사가 빠른 상태를 의미한다. 스마트시티에서는 신경망과 혈관의 성능이 향상되어 효율성이 극대화되고, 물류와 교통의 이동속도가 증가될 뿐만 아니라 사고율은 제로 수준으로 떨어진다. 산업과 산업이 서로 융합되고, 도시와 도시가 네트워크로 연결된다. 도시가 새로운 생명력을 가지고 한 차원 높게 진화된 생명체로 태어나는 것이다.

이 밖에도 《서울 평양 스마트시티》에는 '한반도 8대 광역경제권', '평양의 리모델링 제안', '북한 지하자원 개발' 등 흥미로우면서도 현재 시점에서 시사하는 바가 큰 내용이 가득하다.

한반도의 지정학적, 지경학적 특성을 감안하면, 이 스마트시티 벨트는 중국, 러시아, 유라시아 대륙까지 연결 및 확장될 수 있다. 또한 평양을 남한의 여타 신도시처럼 개발하기보다는 올레길을 조성하여 과거와 현재가 혼화하는 매력적인 도시로 만들자는 제안도 덧붙인다.

두 전직 통일부장관의 추천사가 눈에 띈다. 27대 통일부 장관을 지낸 임동원 한반도평화포럼 명예이사장은 '북한의 지역별 특성을 연구하고 이를 어떻게 미래 산업으로 연결시킬 수 있을까 구상하는 (저자의)노력'을 높이 평가했다.

32대 통일부장관을 역임한 이종석 세종연구소 수석연구위원은 '실용적 상상력을 자극하는 좋은 책'이라고 표현하며 "독자 스스로 남과 북이 유기적으로 연결되는 미래 한반도를 구상해보도록 탐구욕을 자극하고 있다"고 평했다.

대전환 시기를 맞이한 작금의 한반도, 새로운 도약의 방향성에 대해 고민하는 이들에게 이 책을 추천한다.

친한 선배와 카이사르가
공히 고민했던 것

　고등학교 때부터 알던 친한 선배가 탈모로 고민 중이다. 어렸을 적 꽃미남 소리를 적잖이 들었던 그가 몇 년 전부터 머리카락이 빠지는 것을 걱정하더니, 작년부터 병원을 들락날락하고 있다. 내 눈엔 아직도 잘생겨 보이는데, 정작 본인의 고민은 이만저만 큰 게 아닌가 보다.

　탈모의 역사는 생각보다 훨씬 더 장구하다. 서양사에 한 획을 그은 로마의 정치가 가이우스 율리우스 카이사르는 탈모로 스트레스를 많이 받았다. '시저'라는 영어식 발음으로 더 잘 알려진 그는 정수리가 반짝이는 것이 남들에게 보이지 않게 가리고 다녔고, 자신을 비난하는 사람들이 그를 대머리라고 조롱한다고 생각해 탈모를 큰 결점으로 여겼다. 그가 원로원이나 대중들 앞에 설 때 늘 월계관을 썼던 이유가 대머리를 가리기 위해서였다는 설도 있다.

플라톤의 제자이자 알렉산더 대왕의 스승이었던 그리스 철학자 아리스토텔레스는 탈모에 대한 대처 방법으로 염소 오줌을 직접 머리에 발랐다는 이야기가 전해진다. 또 의학의 아버지라고 불리는 히포크라테스는 비둘기 똥을 이용해 탈모 환자에 대한 치료를 시도했다는 기록이 있다.

작년 여름 둘이 만나 맥주 한 캔 나눠 마신 적이 있었다. 역사책 읽기를 좋아하는 그 선배에게 위의 이야기를 들려주었더니, 자신이 카이사르나 아리스토텔레스와 같은 반열에 올랐다며 내게 너스레를 떨었다.

며칠 전 이 '카이사르 선배'에게서 야밤에 연락이 왔다. 정기적으로 모발 상태를 점검하고 있는데, 육 개월 전보다 눈에 띄게 상태가 좋아졌다는 것이다. 그의 말인즉슨, 카이사르도 아리스토텔레스도 탈모로 고민했다는 게 자기에게는 작은 위안이 됐고, 그 이후부터 스트레스를 덜 받고자 의식적으로 노력했다는 것이다. 민망하게 고맙다는 말까지 전했다. 그러면서 이제 곧 장발이 될지 모르겠다는 농까지 쳤다.

책에서 읽은 것을 친한 사람 앞에서 떠들기 좋아하는 철없는 후배의 말 한마디에 마음을 고쳐준 선배가 한편으로는 좀 귀여웠고, 한편으로는 고마운 마음이 들었다. 특유의 유쾌함으로 주변 사람을 기분 좋게 하는 그가 스트레스를 더 받지 않게 되길 바란다. 카이사르 선배의 장발을 보고 싶다.

렌털 전성시대,
그리고 조금 엉뚱한 생각

'렌털'이라고 하면 무엇이 떠오르는가. 정수기, 공기청 정기, 비데? 아니면 자동차 정도 아닐까 싶다. 요즘엔 렌 털의 대상에서 자유로운 것을 찾기 힘들다. 비싼 돈 주고 구매할 여력이 안 되면, 좀 깎아 줄 테니 대신 빌려라도 가라는 기업들의 외침일까. 바야흐로 렌털 전성시대다.

한 타이어 회사는 타이어 렌털 서비스를 내놓았다. 차 종에 따라 제품을 자유롭게 선택해서 사용할 수 있다. TV 홈쇼핑 채널을 돌리다 보니 친환경 전기 자동차 렌털 특 집방송이 나오고, 한 복합쇼핑몰에서는 차량 렌털권을 경품으로 내놓기도 했다.

'패션 스트리밍'이라는 흥미로운 트렌드도 인기를 끌고 있다. 음원을 내려 받지 않고 스트리밍 서비스를 통해 음악을 듣듯이, 의류를 구입하지 않고 렌털하는 패션 공유 서비스를 의미한다. 국내외 유명 브랜드의 패션 아이템을 자신의 기호와 스타일에 맞게 추천받아 빌려 쓸 수 있는 플랫폼도 등장했다.

고급 의류를 팔아서 매출을 올려야 할 백화점에서는 렌털 전문 매장이 문을 열었다. 정장, 드레스는 물론 핸드백, 선글라스, 주얼리 같은 잡화까지 빌릴 수 있다. 백화점은 이제 물건을 사러만 가는 곳이 아니라 빌리러 가는 곳이 됐다.

한 매장에서는 옷을 사고, 그 옆 매장에서는 옷을 빌리는 풍경을 상상하니 재미있다. 나쁘지 않다. 어찌 됐건 그 옷을 내가 원할 때 입기만 하면 되는 것이니. 예산이 한정적인 일반적인 소비자의 경우 비싼 옷은 보통 중요한 날에 입으려고 사는 경우가 많다. 이 멋진 옷을 내가 샀는지, 빌렸는지 누가 알 수 있겠는가. 그렇다면 빌리는 것도 한 방법.

한 경제연구소에 따르면 국내 렌털 시장 규모는 2020년에 40조에 달할 것으로 전망된다. 2006년에 3조 원, 2016년에 25조 9천억 원 규모였던 것을 감안하면 성장 속도가 상당히 가파르다. 이런 시장성을 보노라면, 대기업들이 렌털 시장에 경쟁적으로 뛰어드는 것이 쉽게 이해가 된다.

각 분야의 기업들이 저마다 오랜 연구와 고민 끝에 내놓는 렌털 서비스는 소비자들에게 적잖은 편익을 제공해 줄 것이다. 왜? 꼭 사도되지 않으니까. 게다가 요즘 소비자들이 얼마나 꼼꼼하고 똑똑한가. 쇼핑과 구매는 이제 동의어가 아니다.

그런데 문득 약간 엉뚱한(사실은 좀 무서운) 생각이 스쳐 지나갔다. 이러다 사람도 빌리고 빌려주게 되면 어쩌지, 하는 퍽 불온한 생각. 남자친구를 빌려주고, 부인을 빌리고, 할머니를 빌려주고, 손자를 빌리는. 이렇게 되면 빌려주는 건 '사람'일까, 아니면 '관계'일까.

이성과 대화가 하고 싶어 애인을 빌리는 것은 너무 슬프지 않을까. 또 렌털 애인에게 스킨십을 바라는 얄궂은 고객은 어떻게 봐야할까. 대기업 계열 렌털 회사가 중개했으니 좀 다른 것일까? 아닌 것 같은데.

최고경영자를 빌려주고, 대학총장을 빌려주고, 방송국 보도국장을 빌려준다면? 이럴 경우 소비자는 '사람'과 '역할' 중 어디에 돈을 지불하는 것인가. 도지사나 국회의원은 어떠한가. 공직선거법을 뜯어고쳐야 하나? 청와대의 주인도 누군가 빌려줄 수 있을까? 헌법 제67조 1항에 "대통령은 국민의 보통·평등·직접·비밀선거에 의하여 선출한다"고 되어 있는데, 문구를 조금 바꿔 렌털도 가능하다고 음험한 개헌을 시도하는 세력이 나오지 않을는지.

어떤 '감정'을 빌려주게 된다면 어떨까. 우정 렌털, 존경심 렌털, 자존감 렌털, 소속감 렌털, 동기부여 렌털 등. '우정'이라는 감정을 일 년 동안 빌리기로 했는데, 고객이 막상 그 진정성을 느끼지 못해 삼 개월 만에 렌털 계약을 해지하려고 한다고 가정해보자. 이때 중도해약 위약금 관련 규정은 어떻게 적용이 될까. 귀책사유는 누구에게 있는 것인가. 아마 다음과 같은 응대가 친절한 목소리와 함께 이어지지 않을까.

"고객님, 저희 회사의 우정 렌털 서비스는 아시다시피 업계에서 평가 1위를 한 번도 놓친 적이 없습니다. 우정A 상품이 고객님 취향에 조금 안 맞았나 본데요. 신상품인

우정C로 바로 교환해드리겠습니다. 더불어 '인공 추억' 상품도 함께 무료로 제공해 드리겠습니다. 임상실험 결과 이 둘이 혼합할 때 효과가 좋더라구요. 우정과 추억의 조화, 멋지지 않나요?"

안 멋지다. 참으로 괴이하다.

특정 '행위'에 대한 렌털 서비스를 본격적으로 시작한다면 더 머리가 아프다. 소비자들의 온갖 변태적이고 복잡한 니즈를 어떻게 다 충족할 수 있을까. 법이 허용하는 렌털의 영역은 어디까지이며, 그 영역의 폭을 넓히기 위한 렌털 컴퍼니들의 로비는 또 얼마나 치열할 것인가. 사후 관리 서비스는? 질문이 꼬리에 꼬리를 문다.

살 수 있는 것도, 빌릴 수 있는 것도 너무 많은 세상이라 환괴한 상상의 나래를 펼쳐보았다. 사고팔고, 빌리고 빌려주는 상품의 개발 속도가 지금보다 조금은 늦어져도 좋을 듯싶다. 그래도 다행인 건 제아무리 훌륭한 기업이라 해도 고객의 신뢰는 그 어디에서도 렌털이 가능하지가 않다는 것. 말도 안 되는 이 공상에서 깨어날 때쯤 난 아버지가 갖고 싶다고 하신 안마의자의 가격을 알아보고 있다. 역시 사는 것보다는 렌털이 낫네….

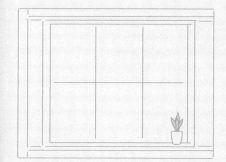